この先、
絆が
あるぞ
There's the bond
just ahead.

この先、絆があるぞ

Character

ユウ

Yuu

ゲーム好きの高校生。
自分のプレイ動画を
配信したりして楽しんでいる。

ダイ

Dai

ユウのクラスメイト。
明るく気さくで、ユウとは
ゲームを通じて仲良くなる。

この先、絆がある ぞ

There's the bond
just ahead.

田口仙年堂

イラスト lack

enterbrain

この先、絆があるぞ

Contents

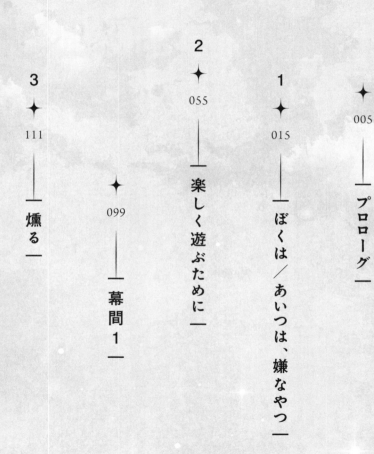

There's the bond just ahead.

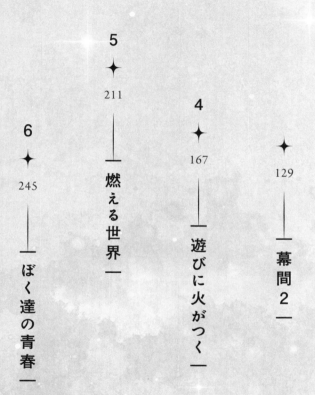

この物語はフィクションです。実在の個人・団体とはいっさい関係ありません。
また本作品における『ELDEN RING』の世界観は独自解釈によるものです。

プロローグ

There's the bond
just ahead.

他世界に侵入しています
他世界に侵入しています

侵入者として、他世界に侵入します
侵入者として、他世界に侵入します

他世界に侵入しました
鉤指の主DarrrkHyperrrDragooonを倒してください

リムグレイブ西部、ストームヴィル城――

エルデンリングにおけるレガシーダンジョンのひとつであり、序盤の難所とも言われている巨大な城塞。

正門から入れば無数のボウガンに蜂の巣にされ、裏から侵入を試みれば底の見えない崖に叩《たた》き落《お》とされる。あらゆる死因を与えてくれる、まさにエルデンリングを象徴するような〝最初のダンジョン〟。

ぼくが侵入したのは、その裏口。

切り立った崖の上にそびえ立つ城壁は、どんな巨大な兵器で穿《うが》たれたのか想像もつかないくらい、大きくめくれあがっている。

その大きな裏口から侵入するために、崖から壁伝いに階段がしつらえてある。

その階段で、そいつらは待ち構えていた。

階段の上に転がっている流刑兵の死体。

その死体を踏んでいる、騎士の姿がひとり。

騎士の隣にいる、黄金に輝く姿の護衛がふたり。片方は巨大なカボチャのような兜《かぶと》を被《かぶ》っただけで、下は全裸に近い。

あの黄金の連中は〝協力者〟だ。真ん中の〝褪せ人〟を守るために別の世界から召喚されたプレイヤー達。鉤指の契約で褪せ人がエリアボスを倒すか死亡するまで守る必要がある。

ぼくとは正反対の役割だ。

ぼくは侵入者。

あの褪せ人を倒せば勝ちという、単純なルールで動いている。

そう、単純なルール。

倒せばいい。

それ以外の余計なルールなど存在しない。

あらゆる手段を講じて敵を排除すればいいのだ。

それは相手もよくわかっている。

階段の上に三人で並んでいるのは、三人とも戦法を伝え合っているからだ。

あの黄金の奴《やつ》らはランダムで召喚された見知らぬプレイヤーではない。

褪せ人とボイスチャットなりで通じ合っている知り合いなのだろう。

ゲームのルール的には、ぼくは〝狩る側〟。

だが、階上のあいつらはぼくを獲物だと思っている。

のこのこ入ってきた侵入者を待ち構え、統制の取れた連携攻撃でなぶり殺しにする狩人《かりゅうど》の集団——のつもりなのだろう。

その証拠に、奴らは丁寧《ていねい》なお辞儀《じぎ》のモーションで挨拶《あいさつ》をしている。巨大なカボチャ頭がぴょんぴょん飛び跳ねている。

ここまで来てみろよ、という挑発のつもりなのだろう。

あいつら、もう勝った気でいるのか。

侵入者がエルデンリングのシステムを理解していないはずはない。

基本的に侵入者はひとり。対して仲間はふたりまで召喚できる。

一対三という圧倒的に不利な状況こそ、〝背律の指〟における律。

——理解していて、なお侵入するのはどうしてだと思う？

おまえらを倒せる自信があるからだ。

雲で覆われた崖下から吹き上がる風の音に混じって、輝く鐘のような音色がする。

澄んだ聖印の音が重なると、前方に赤黒い雲が出現する。

赤い雲の中には無数の蟲《むし》が飛び回り、ゆっくりとこちらに向かってくる。


祈禱「蝿たかり」——

出血効果を伴うその祈禱は、速度こそ遅いが強力なホーミング性能を持ち、狙った獲物に向かって移動する。その蝿に群がられたら最後、血液で動く生物はみな血を流して大ダメージを受ける。

その蝿の雲が、三つ。

なるほど、こいつらは対人戦がしたいわけじゃない。それがはっきりとわかった。

高所から三人がかりで蝿たかりを使い、近寄らせない。

絶壁の階段という閉鎖的な場所で、逃れられない蝿を複数放つのは有効な作戦だ。

しかも向かって左手は崖だ。ぼくらプレイヤーから見れば、踏み外せば死ぬ〝見えない壁〟のような存在だが、空を飛べる蝿にとっては自由に動ける空間だ。

ぼくは彼らに近づく前に蝿にたかられて失血死するか、あるいは階段を踏み外して落下死する——

と、奴らは考えたのだろう。

ぼくは階段から離れ、蝿の射程外に出る。

奴らは余裕の態度で青雫の聖杯瓶を飲み、ＦＰを回復する。

このままこれを繰り返せば、やがて奴らの聖杯瓶も尽きるだろう。が、その前にじりじりと距離を詰め、攻撃に出るはずだ。

その前に、決着をつける。

タイミングは鉤指の主——ホストが聖杯瓶を飲むタイミング！

奴が行動した瞬間じゃない、行動する前に予測して動く！

ぼくの手が聖印を握る——同時に顔を押さえて絶叫する！

内なる狂い火の奔流が収束し、眼球から放たれる。渦を巻くように飛んでいくそれは、蝿の射程外から正確に鉤指の主である褪せ人の身体《からだ》を貫いた。

祈禱「空烈狂火」——！

狂い火の炎に焼かれた者は、狂える三本指に意識を掻《か》き乱《みだ》されて発狂する。全身を押さえて悶絶《もんぜつ》する褪せ人に、ぼくは同じ火をもう一度叩き込んだ。


鉤指の主を倒しました。元の世界に戻ります。


周りの金色の協力者たちが棒立ちしているなか、主の褪せ人はゆっくりと灰になって消えていく。

呆然《ぼうぜん》としている連中を残し、ぼくは丁寧なお辞儀をして、この世界から消えた。

＊＊＊＊

「はーっはっはっは！　どうだリア充ども！　ぼくの勝ちだ！　群れてないとなにもできないザコどもめ！　お前らみたいなイキッた連中を狩るのがぼくの楽しみ――」

『…………おい』

「ん？」

『なんだよリア充って。あの人達、普通に遊んでたプレイヤーじゃないのか？』

「いいや、あれは明らかにぼくを待ち構えてた。集団でひとりの侵入者をボコろうとした卑《ひ》怯者《きょうもの》たちだ」

『そっかぁ……？』

「ああいう連中を狩るのが、いわゆるエルデンリングの対戦――つまり侵入ってヤツだ。わかったか？」

『いや全然わかんねーって。つーかウソだろ絶対！　そんな対戦ゲームあるわけないだろ！』

「なんでわかんないんだよ。対戦要素がどんなものか見たいってお前が言うから、画面シェア機能で見せてやったんだろうが」

『わかんないのはお前の考えだよ！　なんだよ「狩る」って！　フツーに対戦しろよ！』

「フン、これだから初心者は……これがエルデンリングの戦いなんだよ。みんなそうやってる」

『んなわけないだろ！　みんなフツーにいい人ばかりだったぞ！』

「そいつらだって、一皮剝《ひとかわむ》けばイキったオタクで――」

『イキってるのはお前だろうが！　鏡見ろよ！』

「うるさいうるさい！　いいか、エルデンリングってのはなぁ――」

――なんて茶化しながら話しているけど。

ぼくがエルデンリングに対して抱いている気持ちは本物だ。

周囲に合わせて群れている、自分が上級者だと思っているイキリ野郎を狩るのがなによりも楽しみだった。

そういう楽しみ方を肯定してくれるゲームだと思っていた。

まぁ、実際にここにひとりいるわけだし。

自分がそうなのだから、周りもそうに違いない――そう思っていた。

ゲームを通じて殴り合うことが他者とのコミュニケーションであり、勝敗だけがその人物の価値を決める。

己の内側にある暗い欲望を吐き出すために、武器と死体と化物《ばけもの》で溢《あふ》れた世界に飛び込んで灰になるまで戦い合う――

エルデンリングとは、そういうゲームなのだと。

だけど、あの日。

ぼくは思い知らされたんだ。

1

ぼくは／あいつは、嫌なやつ

There's the bond just ahead.

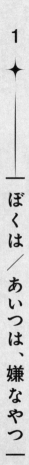

あの日のことは、よく覚えている。

なにしろゲーム内でも、ゲーム外でも妙《みょう》なヤツと出会った日だから。

その時のぼくは、とにかく荒《すさ》んでいた。

群れて行動する弱い連中を狩るために何度も侵入したが、返り討ちにあいまくった。

特に三連続で負けた時はゲームパッドを叩《たた》きつけたくなるほど怒り狂った。

こういう時、ぼくは運命を呪わない。

相手が強かったし、ぼくが弱かった。

反省は次に生かす。

しかし、それはそれとして悔しかった。

ゲームで負けると、〝知識〟と〝教訓〟が手に入る。

だが、同時に〝屈辱〟も手に入る。下手すると屈辱しか手に入らないこともある。

そんなの誰だってムカつくだろう。

だから勝てるまで何度も何度も侵入を繰り返し……結局、夜中の三時までやってしまった。

勝った時は声を出さないように枕に突《つ》っ伏《ぶ》して叫んだくらいだ。

このまま朝を迎えていたら、きっとぼくは学校を休んでいただろう。登校したところで悔しさでなにもできないに決まっているから。

だが、この勝利を収めるまでに、それはそれは大量の〝教訓〟が手に入った。

見てろよ、次はそれを生かしてもっと効率的に勝ってやる。

そんなわけで、その日のぼくは膨大な知識と満足感と眠気にのしかかられていた。

もはや頭ではなにも考えられず、肉体の記憶のみで教室まで歩いていた。

フワフワした気分のまま、歩いていると――


「っとぉ！　悪い！」

「いっ⁉」

リアルで巨大な質量が横からぶつかってきた。

最悪だ。

なんで登校時から廊下で嫌な思いをしなけりゃならないんだ。

「本当に悪い！　ボーッとしてて！」

両手を合わせて大声で謝るそいつは、心の底から申し訳なさそうにしている。

いや、多分本心から申し訳ないと思っている。自分の非を素直に認めて、ぼくに謝罪しているに違いない。

「五十嵐《いがらし》……！」

ぼくはたっぷり恨みを込めた目でそいつを睨《にら》み付《つ》けた。

別にぶつかったことに対して恨みがあるわけではない。ただ昨日の寝不足の不機嫌のぶつけどころがあっただけだ。完全な八つ当たりである。

「……おい、金森《かなもり》？　どした？　そんなに痛かったか？」

ところがコイツにはぼくの睨みも通じない。

エルデンリングとは違い、目から狂い火の光線が出るようなこともない。

「だったら保健室――」

「いや……その、痛く……ない」

目をそらしながら、ぼくはそう答える。

「そっか、よかった！」

明るい笑顔で安堵《あんど》するその顔を見ていると、イライラする。

いつも裏表のない態度で、ぼくのような暗いヤツだろうが関係なく接してくる。

ウザい。

こっちは深夜まで狭間《はざま》の地で冒険していて眠いんだ。朝から子ども向け番組の司会みたいなデカい声を発するな。

「いやぁ、オレ寝不足でさ！　つい考えごとしながら歩いてたら、ぶつかっちゃった！」

ふん、お前も寝不足か。

どうせ彼女とヨロシクやってたんだろうが。

ぼくとは違う夜の過ごし方をしているお前とは寝不足の質が違うんだよ。

お前が女の子をハンティングしてる間、ぼくはずっと褪せ人を狩り続けていたんだ。撃墜数だけならぼくの方が多いぞ。

ざまあみろ。

それにしても——眠い。

「ふわぁ…………」

「ふあ…………」

同時に口を開けてあくびをする。

「っ、あははは！　なんだ金森、お前も寝不足かよ！」

「………うるさいな、五十嵐」

ていうか本当にお前、寝不足なのか？

疲れなんか全然見えない、さっぱりした笑顔してやがる。

対するぼくは目の下に真っ黒なクマができてて、見られたもんじゃない。

同じ人間で、同じ寝不足同士なのになんでここまで違うんだ。

「っと、もうすぐホームルームじゃん！　ホント悪かったな金森！」

最後にまた頭を下げて、五十嵐は教室に走っていく。

本当に太陽みたいに明るいヤツだ。

……朝からイヤなものを見た。

アイツを見ていると、普段のぼくがいかに矮小《わいしょう》な人間か比べてしまう。

誰とでも話せて、勉強もスポーツもできて、いつもポジティブシンキングの五十嵐。

いつもクラスの隅で亀のように丸まって、どこのグループにも属していないぼく。

なんで同じ年齢なのに、こうも違うんだ。

比べるな。自分の個性で勝負しろ――よくそんなことを言うヤツがいるが、そんなのは強者のセリフだ。

ああ、イライラする。

こんな日は――


いつものように褪せ人を狩ろう。

＊＊＊

リムグレイブ西部、導きのはじまり――

暗くじめじめとした漂着墓地でのチュートリアルを終えた初心者プレイヤーへの、最初のご褒美ともいえる場所だ。

重いドアを開けると広がるのは、爽やかな草原の景色。

生い茂る緑の大地。左手に見えるのは荒れる大海、右手には先が見えない森林、そして正面には青空の下にそびえ立っているストームヴィル城。

そして空に広がるのは黄金に輝く木の枝。空を埋めつくさんばかりの黄金樹の輝きが、新しい褪せ人を歓迎してくれる。

どこへ行っても自由、それならどこから攻略する？

世界がそう囁《ささや》いてくれるような、はじまりの場所。

ぼくもこの景色を見た時は、そりゃワクワクしたものさ。これからどんな冒険が始まるのか、そしてどんな強敵が待ち構えているのか——

おそらく何百、何千回と死ぬであろう未来に想《おも》いを馳《は》せながら、この狭間の地への第一歩を踏み出したものだ。

まぁ、そんな感動的な土地も、今はぼくの狩場なのだが。

今日の獲物は三人。

鉤指の主、つまり召喚主であるプレイヤーは街道に突っ立っていた。

装備は葦の地一式——

素性が侍のプレイヤーが最初に着る初期装備だ。

どうやら始めたての新人褪せ人、といったところか。

対する協力者は街道脇の廃墟《はいきょ》にいる兵士をバッタバッタと斬り殺している。ワラワラと集まる兵士を、巨大剣二刀流で一撃粉砕。レベルによる暴力、といった感じだ。

もう片方の協力者は兵士の死体を踏みながら進み、アイテムがある位置でぴょんぴょん跳びはねている。「ここにアイテムがあるから来いよ」と呼んでいるのだろう。協力者はふたりとも白の装備だ。

褪せ人はおぼつかない足取りで、呼ばれた場所に行ってアイテムを取る。すると協力者はまた次のアイテムに向かって歩き出す。

なるほど、初心者を導いているわけか。

アクションゲームに慣れていない友人をナビゲートする優しい友人たち。

彼らの従うままに行動すれば、敵を倒さなくてもいいし、良い武器やアイテムも簡単にゲットできる。

……だが、それはあの初心者が探索する楽しみを奪う行為じゃないのか。

自分で『発見する』喜びこそ、エルデンリングの真骨頂だろう。

あいつらは親切でやっていることでも、それは初心者にとって本当に必要なことなのか。

それってネタバレとなにが違うんだ。

財宝や道筋だけの話じゃない。「この曲がり角の向こうにオバケがいます」と書かれたおばけ屋敷なんて怖くもなんともないだろう。

怖がったり、喜んだり、そういう未知が既知に変わる快感を損《そこ》なっているじゃないか。

独善的かもしれない。間違った考えかもしれない。

まぁ、間違っているんだろう。

でなけりゃ『協力プレイ』なんて仕様、このゲームに実装する意味がない。

だが、この褪せ人の世界には、奴《やつ》らとぼくしかいない。

少なくとも、このぼく——侵入者がイラついただけで充分だ。

狩る理由なんて、それでいい。

どっちの考えが正しいかは、生き残った方が決めようじゃないか。

すでに白い協力者たちは、侵入者が来たことに気づいている。

初心者をアイテムの場所に誘導したのは、それを取らせるだけでなく、ぼくから姿を隠す意味もあったのかもしれない。

だがぼくの姿はそう簡単に見つけられないだろう。

戦技「暗殺の作法」——

三〇秒だけ姿と足音を消す戦技。

接近すれば気づかれてしまうが、逆に言えば近づかなければぼくの姿も足音も感知されない。

三〇秒という時間で連中の死角に潜むことだってできる。

幸《さいわ》い、ここは関門前の廃墟。破壊された家屋の壁が、まるで小さな迷路のように視界を塞いでくれる。

だからちょっと大回りして背後から忍び寄ることもできる。

協力者たちは初心者を中心に廃墟の周辺を探している。時々、巨大な武器を振って木箱を破壊している。ぼくがいたらラッキー、くらいの気持ちで壊しているのだろうが、その行動音は壁越しでも連中の位置を教えてくれる。

壁にピタリと張り付く。

この壁の向こうで、奴らは背中を向けてぼくを探しているはずだ。

距離もわかる。ダッシュで背中を取るまでの歩数を一瞬で計算する。

計算したら、もう迷わない。


――ここだ、くらえ！


両手に持った曲刀《きょくとう》の一撃を振るうと、白い背中から真《ま》っ赤《か》な血が噴き出した。

リアルの人間なら確実に失血死しているが、こいつには当てはまらない。

だから、もう一撃。

出血のショックでのけぞっている相手は、たった一瞬だけ操作不能になる。対人戦において、それは命取りだ。

二撃目が協力者の命を奪う音を聞くと同時に、真正面から向かってくるふたり目の協力者をロックオンする。たった三秒ほどの出来事だが、すでに戦いは第二戦に移行しているのだ。

もうひとりは巨大剣の二刀流。

見ればわかるとおり、圧倒的な物理攻撃力で攻めてくるシンプルにして厄介な戦闘スタイル。ぼくからしてみれば、魔法や祈禱で来られるより、よっぽど怖い。

クレバーな褪せ人が持つ巨大剣は、亜人が持つそれとは勝手が違う。

一瞬で距離を詰め、さきほど倒れた協力者のように、のけぞらせ、ダウンさせて自由を奪ってからトドメを刺してくるのだ。

だが――

そいつはまっすぐこちらに向かってくると、ただ武器をブンブン振るだけ。

タイミングも間合いも関係ない、闇雲にボタンを押すだけの攻撃。

……もしかして、こちらの攻撃を誘っているのか？

そう感じて、注意しながらこちらも接近する。

ダッシュから繰り出されるぼくの攻撃を受け、そいつは普通に倒れた。

え、弱っ。

なんだよ、強いのは装備だけかよ。
装備だけ強くたって、中身が弱かったら意味ないだろ。
まあいい、残るは――初心者の褪せ人のみ。
どこに隠れていようが、探し出してやる。
もうお前を守ってくれる騎士はいない。
従者に世話をさせて自分だけオイシイ思いをしようったって、そうはいかない。
しかし、そいつは隠れてなどいなかった。
ぼくの正面に立つ、初期装備の褪せ人。
なんの強化もしていない打刀を構え、じりじりと距離を測っている。
臆病に逃げたりせず、しかし自暴自棄《じぼうじき》にもなっていない。
ぼくに勝つつもりで、正面から挑むつもりでいるのだ。

――面白いじゃないか。

ぼくは微笑《ほほえ》む。
きっと画面の中のぼくの分身も似たような表情をしているに違いない。

＊＊＊＊

「……死ぬ………」

いつもニコニコ笑っている、徹夜明けの太陽くらい眩《まぶ》しい輝きを放っている、クラスメイトの五十嵐ダイ。

ぼくが一番憎んでいる連中の要素をこれでもかと詰め込んだような男の口から、そんな言葉を聞いたのは美術の授業中だった。

美術室に備え付けてある水道で筆を洗っていた時に、不意にそんな言葉を聞いたものだから、つい声の出所を見てしまったのだ。

「………いや、でも……死ぬな……」

すっかり綺麗《きれい》になった絵筆をまだゴシゴシこすりながら、五十嵐はずっと上の空。

コイツでもそんな風に悩むことがあるのか。

てっきり人生のすべてが楽しいと感じていると思ってた。

「あー………ダメだ、どうやっても死ぬ……！」

考えこむ五十嵐が珍しくて、ぼくも絵筆を洗い続ける。

この男のなにが――

「…………光るナイフはガードしちゃダメ…………でも……左側は杖《つえ》が……」

ん？

「転がっても意味ないんだよな…………盾でガード…………いや、でも……」

「パリィできるだろ、あんなん」

「え？」

「え？」

あれ、ぼく今なんて言った？

「うわ、独り言言ってたオレ？　悪い金森、なんでもないんだ！」

慌てて弁解する五十嵐だが、ぼくはため息で返す。

「マルギットだろ？　エルデンリングの」

忌み鬼マルギット。

エルデンリングの序盤、リムグレイブ西部にいるボス。

それまでの小迷宮の奥で待ち構えている中ボスとは違い、特殊な演出で褪せ人の前に立ちはだかる「第一のボス」。

エルデンリングをプレイする者にとって、最初の関門になる敵だ。

「えっ、金森もやってんの⁉」

ぼくも最初はなかなか手こずった。だからこそマルギットの攻撃パターンは覚えている。

五十嵐が何で詰まっているのかも、手に取るようにわかる。

「アイツめっちゃ強いよな！　マジで倒せんのかよ、あんなん」

「倒せるよ」

「オレ何回もチャレンジしてんだけど、半分削ったところでハンマーとか出してくるじゃん？　あれがどうやっても避けられなくてさ！　昨日も深夜二時までやってたけど、結局無理だった！」

笑いながら失敗談を語る五十嵐。

だけどぼくは笑わない。

「わかるよ」

強敵に負けるのは、エルデンリングの常だ。

フロムゲーはずっとそうだ。トライアンドエラーを繰り返して勝利を摑《つか》みとる。

負けがかさむからこそ、勝った時に気持ちいいんだ。

「でもさ！　クッソ難しいけど、クッソ面白いなあのゲーム！」

そう語る五十嵐の目は、輝いていた。

いつも友人達とダベっている時の明るい目じゃない。

もっと純粋な、宝石のような目だ。

「まだ全然進めないいんだけどさ、なんかこう、難しいんだけど、倒した時に気持ちいいっつーかさ！　よくできてんなーって思ってさ！」

「……なんだよ、それ」

知らない人が聞いたら全然伝わらないぞ、そんなんじゃ。

でも、ぼくには伝わった。

五十嵐のガキみたいな顔を見るだけでわかる。

「けどさー、さすがにマルガットは強すぎだって。あれひょっとしてまだ行っちゃいけないボスだった？」

「マルギット、な」

「ああ、そうそれ！　オレこういうゲーム初めてでさ、何もわかんないんだよ」

「何もわかんないのに楽しそうだな」

「楽しいよ！」

ニカッと笑う五十嵐を見ていると、何も言えなくなる。

攻略のアドバイスならできるけど、今こんなに楽しんでいる五十嵐に余計な情報を与えたくない、という気持ちが湧いてくる。

……別に、五十嵐のことを気にかける必要なんかないのに。

「でさ、金森はなんか攻略法とか知ってる？　知ってたら教えてくれよ」

ま、向こうから尋ねられたら答えざるを得ないけど。

「とりあえず遺灰使って頭数増やせよ。それから無理にローリングで避けようとせずに、距離をとって魔術や祈禱で攻撃するのも手だ」

「…………イハイ？」

「あー、そこからか」

「魔術とか祈禱も全然わかんねーや。ていうかまだ使えないかも。レベル足りてないのかな？」

「レベルも重要な要素だよ。ステータスが上がれば装備できる武器の幅が広がるし、さっき言った魔術や祈禱の使用にも関《かか》わる。他にもレベルが上がるだけで各耐性も上がるから、単純に防御力が増すし。ＲＰＧなんだからレベル上げは基本中の――」

――っと！

「ごめん、喋《しゃべ》りすぎた」

「え、なんで謝るの？」

「キモいだろ、好きなことだけベラベラ喋るの」

「ああ、まあ、な」

そこは否定しないのか。

でも、ぼく自身そう思ってるからな。

苦手なんだよ、他人と適切なカタチの会話をするのが。

ぼくにコミュニケーション能力を求められても困るんだ。

「でも今は助かってるよ、オレ。なるほど、やっぱレベル上げが重要なんだな！　あとは魔術だっけ？　それどうやって使うの？」

魔術も祈禱も使えないとなると、素性は放浪騎士か侍あたりか。

遺灰も知らないのなら、まずはシステムから説明する必要があるな――

「って、なんでぼくが教える流れになってるんだよ」

「えー、教えてくんないの？」

「……いや、訊《き》かれれば教えるけどさ」

「おっ、サンキュー！　でさ――」

そうして五十嵐の質問にいくつか答えているうち――

＊＊＊

『おーい！　もしもーし、聞こえる⁉　こんばーん！』

「……テンション高いな、おい」

スマホから聞こえる五十嵐の声。

今何時だと思ってるんだ。大丈夫なのか、そんなデカい声出して。家族に怒られるぞ。

『えーっと、言われたとおりサイン？　ってのを見ればいいんだよな？』

「そう、合言葉を設定すれば、それを知らないプレイヤーからはサインが見えなくなる」

『ふんふん、合言葉ね』

「そういやそっちのプレイヤーネーム知らないや。教えて」

『おう、待って、今スマホで送る。あ、そういやフレンド登録してないじゃん。ＩＤ教えてくれよ』

「ん」

　声が聞こえるスマホを手に取り、音声ではなくメッセージ機能を使ってぼくのＩＤを伝えると、スマホではなくゲームモニターの画面左上に通知が来た。


　――DaiDai_Daaaiからフレンド登録依頼が来ています。


　フレンド、か。

　ネット上での友人は何人もいる。

　ゲームで遊ぶことだってあるし、ＳＮＳで色々な会話だってしている。

　だから孤独だと思ったことはない。

　けど――リアルのぼくを知っている人間とフレンドになるのは初めてだ。

別に五十嵐だってゲーム上の付き合いにすぎない。

そうとわかっているのに、承認ボタンを押すぼくの指が一瞬だけ止まる。

——深く考えることなんてないじゃないか。

承認、っと。

『おー、承認キタキタ！　えーと、それでどうするんだっけ？』

「サインだよ。ぼくが床にサインを書いたから、召喚してくれ」

褪せ人の鉤指というアイテムを使うことで、その場に召喚サインを書くことができる。

サインは自分の画面だけではなく、ネットワークに繋《つな》がっているプレイヤーにも見ることができる。

今、ぼくがいるストームヴィル城城門に、五十嵐も同じように立っているはず。

合言葉を決めていればば優先的にぼくのサインが見えるはず。仮に合言葉を書いていない場合、この場所にいる世界中のプレイヤーのサインが表示されるのだ。

『サイン、サイン……どれだ？』

「鉤呼びの指薬使ってないだろ。使わなきゃサイン見えないぞ」

『あ、そうだった！　ちょっと待って！　ええと、Yu_Darkshadoのサイン……あ、これだな』

ぼくの画面が一瞬暗くなり、ロード画面になる。

そうしてぼくの前に五十嵐のキャラが現れた。

いや、五十嵐が遊ぶエルデンリングの世界にぼくが召喚されたのだ。

『やった！　よろしくな金森！』

ぼくの前に立つ軽鎧を身につけた褪せ人がぴょんぴょん跳びはねている。

『やり方を訊くのもアリだけどさ、やっぱり実際に一緒にやった方がいいよな！』

「ま、それはそうだ。百聞は一見にしかずだな」

『そーゆーわけで先生、お願いします！』

「バカ。あくまで倒すのはお前だ。ぼくは助っ人だからな」

『へへっ、それでもよろしくな！』

またぴょんぴょん跳ねる五十嵐のキャラ。

こいつは他にジェスチャーを知らんのか。

「いいか五十嵐、そういう時はこうするんだ」

ぼくのキャラが胸に手をあて、深く一礼する。

『ふんふん』

ジェスチャーを出す方法を教えると、五十嵐も同じように一礼した。

『改めて、よろしくな金森！』

「うん、よろしく」

いつからだろう。

ゲーム内でこうしてきちんとした挨拶《あいさつ》をしなくなったのは。

＊＊＊＊

忌み鬼マルギット。

こいつの特徴を説明するのであれば、「デカくて強いジジイ」だ。

褪せ人に最初の試練を与えるためにわざわざ向こうから出張《でば》ってきて、圧倒的な強さで心を折るのを至上の喜びとしている陰険《いんけん》な爺《じい》さんである。

およそ三メートルほどの巨軀《きょく》と、身の丈よりも長い剣から繰り出されるリーチの長い攻撃は、巨大な敵との戦いに慣れていないプレイヤーを何度も蹂躙《じゅうりん》してきた。

どうやって近づくか、どうやって避けるか。

対策を考える間も与えず、マルギットの一撃は褪せ人の命を奪う。

何度も、何度も。

心が折れるまで、狩り続ける。

そんなヤツが最初のボスだっていうんだから、本当に嫌らしいゲームだ。

「おーし、行くぞ！　金森、見てて！」

黄金の霧を抜けてボスエリアに侵入すると、五十嵐は刀を構えて突撃する。

その後ろで、ぼくはただ見ているだけ。

手を出すな、と最初に五十嵐から言われているのだ。

「うおりゃああ────っ！」

刀をぶんぶん振り回してマルギットに正面から斬りかかる五十嵐。

もちろんマルギットもただ斬られているだけではない。

手にした長剣を頭上に振り上げ──

「うおおおおおおっ！」

五十嵐がローリングで攻撃を回避した。

身を屈めて地面を転がり、数歩先に素早く移動する。

が、マルギットはまだ剣を振り下ろしていなかった。

ゴロンと転がり終わった五十嵐の頭上から、真一文字に剣が下ろされる。

「うええええっ⁉」

一撃で五十嵐のＨＰゲージが七割くらい減った。

これは別にレベルが足りていないわけではなく、普通のプレイをしている褪せ人ならだいたいこのくらいダメージを受けるものだ。

「今絶対に攻撃くるタイミングだったろ！　なんで遅らせてくるわけ⁉」

「ディレイ攻撃ってやつだよ。それだけで驚いてたらキリないぞ」

「ってことは、他にも嫌らしい攻撃あるの？」

「相手の嫌がることをするのが戦いの基本だからな」

あたふたしている五十嵐を後ろでずっと眺めていると、その嘲笑する目が気に入らなかったのか、マルギットがこちらを見た。

およそ二十メートルほどの距離をダッシュで一気に詰めてきて、横薙《よこな》ぎに剣を振る。

剣が当たるギリギリ直前に、ぼくは右前方にローリング。マルギットの剣を避け、体勢を立て直す。

さらに追撃の剣が振り下ろされたが、ぼくの狙っていたタイミングだ。

左手に持った盾で剣を弾くと、マルギットがバランスを崩す。

「おおおお、すげえ！　パリィだ！」

「何度も戦ってればタイミングくらいわかるよ」

「わかっててもパリィって難しくない？」

「慣れてないと難しいから、素直に避けるかガードカウンターにした方がいいな」

本来ならパリィで体勢を崩した敵には「致命の一撃」と呼ばれる攻撃チャンスが訪れるのだが、ぼくはそれをせず、再びマルギットから距離をとった。

こいつには一度のパリィでは致命の一撃は与えられない。完全に膝《ひざ》をつかせるには二回パリィする必要がある。

が、たとえ二回目のパリィが成功しても、ぼくは致命の一撃をしない。

これは五十嵐の戦いだから、アイツが全部やらなくてはならない。

アイツは「倒してくれ」でも「一緒に倒そう」でもなく、「倒し方を教えてくれ」とぼくに頼んだ。

人の力をあてにせず、あくまで自分で勝ちたいという気持ちがあるのだ。

だからぼくも手伝う気になった。

初心者が迷い、慌て、絶望する姿を見るのは楽しい。

いつも明るい五十嵐の表情が暗くなっていく様を間近で見たかったんだ。

決して親切心なんかじゃない。

アイツをヘコませてやりたかっただけ。

ただ、それだけ――

「わぎゃあああああああああ」

アホみたいな声をあげて、アホみたいに転がる五十嵐。

またディレイ攻撃を喰《く》らいＨＰが完全にゼロになった。

がっくりと膝をつくと、その身体《からだ》がチリになって消失していく――

――鉤指の主が死亡しました。元の世界に戻ります。――

システムのアナウンスが表示され、ぼくと五十嵐のネットワークが切れる。

彼の世界からはじき出されたぼくは、再び自分の世界のストームヴィル城門に立つことになった。

＊＊＊

「…………よし、対策会議だ」

スマホに向かって冷静に告げると、

『おうっ！』

さっきまでチリになっていた男のやる気に満ちた返事が聞こえた。

「まず確認だけど、五十嵐はどうしても刀で勝ちたいの？」

『えっ？』

「だってずっと打刀使ってるだろ。盾も持たずにブンブン振り回してるだけじゃないか」

『あー、だってこれ最初から持ってるヤツだから。もっと強い武器あるなら、そっち使ってもいいけど』

「別にこだわりがあるわけじゃないのか」

『まだ始めたばかりだって言ったろ。どこにどんな強い武器があるのか知らないんだって』

「ああ、そりゃそうだな」

エルデンリングはアクションＲＰＧというジャンルだが、普通のＲＰＧのように店に強力な武器が売っているとは限らない。

使える店売りの武具もあるにはあるが、強い武器は宝箱代わりの死体が持っていたり、ボスを倒した報酬として手に入れるものだ。

しかもこのゲーム、〝最強武器〟という概念が薄い。

数字として突き詰めれば最大の攻撃力が出る武器はあるかもしれないが、敵も動いて攻撃してくる実戦では使えない。

だからプレイヤーのバトルスタイルによって〝最適〟な武器を選ぶ必要がある。

『でも刀はいいな。やっぱサムライっしょ！』

「リーチが短くて素早い短剣とか、デカくて重い特大武器とかはどう？」

『うーん、どうだろう。使ったことないからな』

「魔術か祈禱は？」

『魔術でバンバン攻撃するのもいいな！　そうすりゃマルギットも近づけないまま倒せるかもしれないし！』

「あとは盾。この城門から東に行ったところに獣紋《けものもん》のヒーターシールドが落ちてるから、それ拾ってこいよ」

『城門から東～？　ちょっと待ってて』

そう言ってから五分後。

『あっ、あったあった！　獣紋のヒーターシールド！　って、おい、なんか兵士に囲まれて、やべっ、やばいやばい死ぬ死ぬ！』

「あはははははは」

『あっ、でもこれ、盾で受けるとHP減らない！　すげぇ！』

今はネットワークで繋がっていないが、五十嵐がどんな状態なのかなんとなく想像つく。城門前の兵士がワラワラと襲いかかっているところだろう。

なにしろ獣紋のヒーターシールドは兵士の野営地のど真ん中にあるのだから。

『あとこないだ拾った短剣も使いやすい！　でも打刀の方がちょっと強いな！』

「そっか」

実際、打刀は初期装備とは思えないほど使い勝手が良い。

この先、鍛冶《かじ》で鍛えることができれば、ラスボスも倒すことが可能なほど優秀な武器だ。もちろん、もっと強い武器はたくさんあるが――

それでも五十嵐がコレと決めた武器で楽しむのが一番だ。

『だーっ！　また死んだ！　兵士に囲まれたら何もできねぇ！』

「……楽しそうだな」

『楽しんでるように見える？　コレで⁉』

「見える見える」

笑いをこらえながら、ぼくは答える。

エルデンリングは楽しい。

めちゃくちゃにされ、グチャグチャにされ、ズタズタにされるのが楽しい。

その気持ちをすぐに誰かと共有できるのは、本当に楽しい。

……いや、違う、ぼくの本当の狙いはそこじゃない。

五十嵐が泣《な》き喚《わめ》く姿が楽しいのであって、こいつが喜んでいるのが嬉《うれ》しいわけじゃない。

せいぜい無駄な時間を使うといいさ。

お前の心が折れた時、ぼくは思いっきり笑うんだ。

才能も友達も持ってるヤツが、エルデンリングの楽しみまで手に入れてたまるもんか。

ここはぼくの世界だ。

ぼく達《持たざる者》の世界なんだ。

『なぁ！　もっと面白い武器とかないの⁉　教えてくれよ！』

「ちょっと待ってろ。五十嵐の戦闘スタイルに合うような武器だと……いや、でもいっそ全然違う使い方の武器を振ってみるのもいいかな。鞭《むち》とか巨大剣とか……」

『なにそれ、面白そう！』

「ええと、ここから一番簡単に取れる武器だと――」

けど――

思い浮かべるのは、五十嵐が武器を持って楽しそうにしている姿。

ギャーギャー騒ぎながら敵にやられ、それでも笑っている五十嵐の顔。

望んでいた無様な姿のはずなのに、どうして笑顔ばかり想像してしまうんだ。

＊＊＊＊

ストームヴィル城門、忌み鬼マルギットとの戦いを始めてから二時間が経過した。

「うおおおりゃあああああああっ！」

五十嵐は相変わらず刀をぶんぶん振り回す。

が、最初の頃から比べると明らかに動きが違う。

「ここでぇっ！　ガード！」

大きく振り下ろされたマルギットの剣を盾で受ける。

重い剣が生み出す衝撃は五十嵐の全身をわずかに後退させる。が、五十嵐本人にダメージはない。

「しゃあっ！　次は！　避ける！」

横薙ぎの剣を右方向へローリング。

空をきる剣を尻目に、五十嵐はマルギットに近づき——

「攻撃——しないっ！」

落ち着いてゆっくりと後退した。

先ほどのガードと、今のローリングでスタミナが大きく消耗しているはずだ。

攻撃にも防御にも使用するスタミナは大事なリソースだ。チャンスができたと思って攻撃したことでスタミナがカラッポになり、敵の次の攻撃を避けられないというミスはよくあること。

いけるかも、という油断が死に繋がる。

「今だぁっ！　このタイミングなら〝絶対に〟いける！」

スタミナに余裕があり、敵の大振りの技を避けた直後。

確実に攻撃できるタイミングを見極めた時こそ、初めて攻撃のチャンスと呼べるのだ。

「もう一発！　おらぁぁっ！」

五十嵐の打刀がマルギットの胴体を斬り裂く。

真っ赤な血液が噴き出し、同時にマルギットのＨＰバーがごっそりと減った。

出血の状態異常の効果を持つ打刀は、何度も斬りつけていると蓄積値が溜《た》まり、それが一定の数値になると〝出血〟する。最大ＨＰに比例したダメージを与える強力な状態異常だ。

「こっからだ………！」

マルギットから距離をとる五十嵐。

突如、マルギットの左手が光った。魔法によって生まれた光のハンマーを掲げ、大きく飛び上がる。

「だぁぁっ！」

地面が割れるほどのジャンプ攻撃を避け——られなかった。

大技を喰らった五十嵐のＨＰがみるみる減っていく。

「赤いヤツ！　赤いヤツ飲まなきゃ！」

ＨＰを回復する緋雫の聖杯瓶は、当然だが飲んでいる間は無防備になる。ほんのわずかな時間だが、それを見逃してくれる優しい敵はいない。

五十嵐がアイテムを選んでいる間も、マルギットは飛びかかってくる。

「わぁぁぁぁぁぁっ！」

瓶を飲もうとしたところで、追撃を喰らった。

倒れる五十嵐のＨＰはもうわずか。あと一撃で終わりだろう。

しかし幸運なことに、マルギットの次のターゲットはぼくのようだ。こちらに向かってゆっくりと歩いてくる。

五十嵐が自分で倒すから、手を出すなとは言われているが――

そもそも、だったらなんでぼくはここにいるんだ？

わざわざ召喚されて五十嵐が戦うところを後ろから見ているだけ。まるで後方彼氏ヅラのファンじゃないか。

ま、面白いからいいんだけどさ。

「助かったぜ！」

ぼくがマルギットの攻撃をひょいひょい避けている間に、五十嵐は回復を完了させる。たっぷり瓶を２本使い、ＨＰは満タンだ。

対するマルギットは先ほどの出血のせいで三分の一ほどのＨＰしかない。

落ち着いてやれば勝てるはずだ。

勝ちを前にして落ち着くことができればの話だが。

「さあこーい！」

刀を構えた五十嵐が突撃する。

なにも考えていないように見えるが、マルギットが投げた光の短剣を落ち着いてガードする。

さらに飛びかかるマルギットの横振りをローリングで躱《かわ》し、一撃だけ斬ってすぐに離脱する。

ぼくが教えたセオリーをちゃんと守っている。

そうして同じように攻撃を避け、一撃を与え、また距離をとる。

地道に、まどろっこしく、ゆっくりと。

それでいい。

相手の攻撃を見ながら、チャンスを見極める。

そうすれば――

「うおおっしゃあああああああああ‼」

トドメを刺した音と共に、マルギットが膝をついた。

黄金樹のように輝く金色のチリとなり、橋の外の崖に散らばっていった。

GREAT ENEMY FELLED――

画面中央にでっかく表示される文字は、五十嵐への賛辞。

「やったぁぁぁぁぁぁぁぁぁぁ！　見た⁉　見たか金森！　やった！　オレやったよ！　とうとう倒したよ！」

金色に輝く文字の後ろでぴょんぴょん跳ねている五十嵐。

ムードもへったくれもない。

「サンキューな！　金森が手伝ってくれなかったら倒せなかった！」

「何言ってんだバカ」

「バカってなんだよ⁉」

「ぼくは後ろで見てただけだろうが。マルギットの攻撃方法と対策を教えたのはぼくだけど、あとは全部お前がやったんだろ」

「そりゃそうだけど」

「もしもぼくが手を貸してたら、あんなん五秒で倒せた」

「マジで⁉」

「ウソだよ」

「なんだよ～！」

落胆したような雰囲気を出しているが、五十嵐はずっと笑っている。

「それに言い忘れてたけど、協力者を呼ぶとボスが強化されるんだ」

「は⁉」

「ＨＰと防御力が上がって倒しにくくなる。ま、複数人で戦うゲームにはよくある機能だよ」

「言い忘れてたとか絶対ウソだろ⁉　わざと楽しんでやがったな！」

「でも、その強化されたマルギットをひとりで倒したんだ。誇《ほこ》っていいと思うよ」

「お、おう。そうなの？」

「そうだよ、お前はがんばった。強い」

「そ、そっか……」

なんで信じてるんだよ。

いや、がんばったのは認めるし、実際に強くなってるよ。

けど協力者を呼ぶとボスが強化されるのを伝えなかったのは、半分嫌がらせのつもりだった。

これで心が折れるのを期待していた部分もある。半分嫌がらせの、半分だ。

もう半分は――

「やったやった！　チョー嬉しい！　楽しいなぁエルデンリング！」

「楽しいか？」

「楽しいだろ！　がんばって倒した喜びすげぇなコレ！　サッカーの試合で勝った時とは違う嬉しさだよコレ！」

「そうなのか？　練習して勝つのはサッカーでも同じなんじゃないか？」

「そうなんだけど……そうなんだけど、んー、うまく説明できねーや！」

「なんだそれ」

思わず苦笑する。

「よーし、んで次はここまっすぐ進めばいいのか？」

「ああ、ストームヴィル城門って書いてあったろ。城門なんだから、次は城の中」

エルデンリングには洞窟や地下墓のようなダンジョンが点在しているが、それとは規模が違うレガシーダンジョンと呼ばれる場所がいくつかある。ストームヴィル城もそのひとつで、ストーリーに重要な関わりがある場所だ。

五十嵐が先ほど倒したマルギットは、いわばその門番。

ここからが本当の地獄の始まりだ。

「なぁ金森。協力プレイってボス戦だけなの？」

「ん？　いや、サインさえ書ければほとんどの場所でできるけど」

「そっか！　じゃあ明日はこの城一緒に探検しようぜ！」

「え？」

マルギットを倒して終わりじゃないのか。

「あ、ごめん金森、なんかいきなり続ける感じになっちゃった？」

ぼくが驚いた理由、ちゃんとわかってるじゃないか。

「でも、オレ楽しかったんだよな。金森、オレがやりたいことわかってくれてたし」

「そうか？」

「ホントはさ、一昨日も協力プレイやったんだよ。石田《いしだ》や森川《もりかわ》と一緒に」

「ああ、いつも一緒につるんでる」

「けどさ、あいつら『これはお前のためだ』っつって、勝手に先進んで敵倒しちゃうんだよ。で、宝箱の位置とかも教えてくれて、親切なのは嬉しいんだけど、俺が自分で攻略したいって言い出せなくて」

「…………」

「そしたらさ、いきなり黒い敵みたいなのが来て全員なぎ倒していって、ワケわかんないままゲームオーバーみたいになって。やる気なくしそうになったよ」

「…………」

「けど、ひとりで冒険してみたら面白くてさ。強敵とのタイマンっていうか、『オレががんばってる！』っていうのが楽しくて」

「……うん、それはわかる」

「けど、ひとりじゃなくても楽しかった。金森と一緒だったから」

――まったく、こいつは。

恥ずかしいセリフを照れもせずに言いやがる。

これがイケメンのトークテクニックというやつか。

「で、どう？　明日もまたやろうぜ！」

「…………はぁ」

「ダメ？」

「ダメ」

「そっか……」

「明日は予定がある。だから明後日《あさって》にしよう」

「‼」

2

楽しく遊ぶために

There's the bond just ahead.

マイク感度……よし。
アバターの表情リンク…………ん、オーケー。
配信画面、よし。
ん、んー……あー、あー。
あいうえおあいうえお、あえいうお、いうえおあ。
ごほん、んっ、んー。
配信スタート、っと。

ククク……闇の信徒ども、待たせたな。
今日も闇の宴《うたげ》を始めようではないか。

キタ━(・∀・)━!!!!
こんばん闇闇《やみやみ》
待ってました！　闇の使者さま！

今日はどこで狩るのー？

と、まぁかたっくるしい挨拶《あいさつ》はこのへんにして、今日の「闇狩りチャンネル」も引き続きリアルタイムで侵入やっていこうと思いまーす。

今日はどこにしようかな。

……ん、コメントに質問？

マップの赤や青い印はなんなのかって？

ああ、これね、マッチングの頻度を表してるわけ。

青い印は協力者がたくさんいて、赤いのは侵入者。

このマークの周辺で協力プレイしたり侵入したりするわけ。ま、侵入するためには協力プレイしてるヤツを探す必要があるから、ほぼ同義なんだけどさ。

で、今日は――

ああ、レアルカリア魔術学院が盛況だな。

特に赤い印が強く表示されてるってことは、楽しい祭りでもあるのかな。

うん、そうそう。

基本的に侵入って協力プレイしてるヤツの世界に入るんだけどさ、嘲弄者の舌ってアイテム使えばソロでも侵入させられる状態になるわけ。

要するに「対戦しようぜ」って合図なわけ。

赤い印が強いってことは、そういうプレイヤーが多いってこと。

そうだな、いつもは仲良しグループをブッ潰《つぶ》す配信だけど、たまには純粋に対戦を楽しんでみるのもいいかな。

じゃあ、鉤指を使って——

他世界に侵入しています
他世界に侵入しています

侵入者として、他世界に侵入します
侵入者として、他世界に侵入します

他世界に侵入しました

鉤指の主Great_Guy_Michaelを倒してください

またコイツかよ！

ｷﾀ━（・∀・）━!!!!

マイケルだー！
草生える
またマイケルかよ！
知ってた
ウケる
今日は何秒もつかなー

なんでぼくの血の指はいつもいつもコイツの世界に侵入するわけ⁉
おいコメント欄、笑ってんじゃねえよ！
なにが「マイケルと赤い糸で繫《つな》がってる」だ！
ぼくだって好きでこいつの世界に入ってるんじゃないんだよ！
本当にランダムマッチングなのかこれ⁉

あー、はいはい、やりますよ。

戦えばいいんでしょ、マイケルと。

どうせまた負けるんだろうなぁ……。

＊＊＊

『へーい、ユウ！　今日も配信おつかれサマ！　僕を出してくれてアリガト！』

「ありがとうじゃないよ！　なんでいるんだよ！　なんで毎回マイケルの世界に侵入させられるんだよ！」

『それは僕の世界がユウを呼んでるからだヨ』

「そんな機能ないだろエルデンリングに！」

ＳＮＳを通しても相手が大爆笑しているのが見てとれる。

今しがたぼくがコテンパンにやられた相手はマイケルと名乗っており、アメリカに住む生粋《きっすい》のアメリカ人だ。

『魂は引かれ合うのさ、ユウ』

「今度はなんのアニメ観《み》たんだ？」

『今は80年代のロボットアニメをかたっぱしから観ているヨ。日本語の勉強には激しい会話がうってつけサ！』

知り合ったきっかけは、やっぱりフロム・ソフトウェアのゲーム。

たぶん配信を始めた初期――中学の頃だったと思う。

今日みたいに配信中にボコボコにされた。

こっちは対人戦に特化したフル装備で、出会い頭に一瞬で狩ってやろうと意気揚々と乗り込んだのに、逆に一瞬で狩られた。

しかも上半身裸で妙《みょう》なデカいターバンをかぶったマイケルに。

あの頃は、ちょっとゲームに自信があった。

雑魚《ざこ》プレイヤーを狩ることに快感を覚え、今の闇の使者というキャラも固まりつつあった頃、そんなぼくの鼻っ柱はマイケルによってバキバキに折られまくったのだ。

それからというもの、配信中にたびたびコイツの世界に侵入するようになった。

狙ってやったわけではなく、本当に偶然よく会うのだ。

そこからゲームＩＤを通じてメールのやりとりをするようになって、現在に至る。

『また日本語教えてくれヨ！　アニメだけじゃ限界あるからサ！』

「あー、はいはい、わかったよ。なにがわからないんだ？」

『オ？』

「ん、どした」

『珍しいコトもあるもんダ。ユウが素直にSenseiしてくれるなんて』

「別に……普通だろ。ていうか海外で先生はSenseiでいいの？　Teacherじゃないの？」

『SenseiもSenpaiも通じるヨ！　日本の目上の人間に対して言うケイショウだよね！』

「まぁ、いいけどさ……」

ていうか普段のぼくはどんな人間だと思われているんだ。

ＳＮＳ仲間に日本語くらいいつだって教えるさ。そこまで鬼じゃない。

『普段のユウはもっとゴネていたヨ。嫌だ嫌だってダダッコみたいに』

「駄々っ子って日本語知ってるのもすごいと思うぞ」

『なんかイイコトあった？』

「別に……ただ、エルデンリングでもこうやって教えてたからさ」

『教える？　エルデンリングで？』

「うん」

『なんだいそりゃ？　なにを教えることがあるんだ？　エルデンリングなんてソロで楽しむものだろう？』

「いやそのりくつはおかしい」

『うん、侵入勢の我々にブーメランだったネ』

なんだいそりゃと言われれば、ぼくだってそう思う。

初心者にエルデンリングを教えて、一緒に冒険して、なにが楽しいんだ。

「けど、楽しいよ」

その理由はわからないけど、ぼくは楽しいと思った。

だから、また明日。

五十嵐《いがらし》と狭間《はざま》の地を冒険しに行くんだ。

＊＊＊＊

『おいユウ！　ちょっと助けてくれ！　どうしても倒せないヤツがいる！』

「また倒せないのかよ。どのボスだよ」

『ボスじゃない！』

「雑魚に勝てないのはよくある話だよ。エルデンリングの雑魚って、三体くらいに囲まれたらぼくだって死ぬよ」

複数人を相手にすればリアルでも危険なことくらい常識だ。

その常識を叩《たた》き込《こ》んでくれるのがエルデンリングというゲームだ。

「で、どこの雑魚だよ。ダイの進行度ならリエーニエまで行ってないよな？」

『なにそれ、どこ？　とにかく倒し方教えてくれよ！』

「わかったわかった、ちょっと待ってろ。今サイン探すから」

マルギットを倒してから数日。

五十嵐ダイはいまだリムグレイブをうろついていた。

マルギットが待ち構えていたストームヴィル城門から奥へ進んだ場所、つまりストームヴィル城の攻略は後回しにして、まずはその周辺のエリアをもっと冒険したいらしい。

そこは彼の自由だし、ぼくが口を挟む余地はない。

むしろ広大なエルデンリングの世界、どこへ行くのも自由だ。

ぶっちゃけマルギットすら倒さずに世界の奥の奥へ行くことだって可能だ。どこへ行って何と戦ってどんなお宝を手に入れようが、すべてプレイヤーの自由。

初期エリアであるリムグレイブにも、さまざまなロケーションが存在する。

点在するダンジョンの他にも、海の見える丘、霧がかかった森、崩壊した遺跡の残骸が残る草原。

言葉が通じる人間もいる。彼らに話しかけることでイベントが始まり、旅をする目的が増えていく。そうして根幹のストーリーを補強するための知識を手に入れていく。

もちろんそれらに触れず、一直線にラスボスまで突っ走るのも遊び方のひとつだ。

そういう遊び方をぼくは否定はしない。

否定はしないが、見下している。

この世界はフロム・ソフトウェアが何年もかけて創《つく》り上げたものだ。

そこに住む、あるいは住んでいた者達のドラマがあり、それを彩る背景がある。

背景とは文字通りの背景のグラフィックという意味の他にも、何気ない武器のフレーバーテキストだったり、遠くから聞こえる何かの呻《うめ》き声《ごえ》だったり、とにかく世界のすべてだ。

それらを体験しようと思わない者はクズであり、ぼくはそういう連中も憎悪している。

こんな素晴らしいクソッタレの世界を楽しまないヤツは愚か者だ。

だからぼくが深淵《しんえん》に引きずり込まなくてはならない。

エルデンリングはぼくのような闇の住人にも生きる理由を与えてくれる。

だからそれを穢《けが》す者は、もっと穢してやる。


「……で、雑魚ってこれ？」

リムグレイブ東部、霧の森――

鬱蒼《うっそう》とした森林は陽光《ようこう》を遮《さえぎ》り、たちこめる霧は視界を遮る。

先の風景もよく見えないこの森で、ダイは立っていた。

「これ！　こいつ強いんだよ！　なあ、ユウなら倒せるだろ⁉」

「倒せることは倒せるけど……」

木の幹を爪でひっかいている毛むくじゃらの生き物。

おおよそプレイヤーの身長の倍はありそうな背丈に、五倍くらいありそうな太さ。

茶褐色のそれは現実にも存在する、山の脅威。

「クマじゃん……」

「クマ強くない⁉」

「だってクマだしなぁ……」

「めっちゃ硬いよ！」

「そりゃあの硬い毛と皮膚だしなぁ。リアルでも刃物なんて通らないって聞くし」

「なんでクマだけリアルな強さ再現されてんだよ！」

「ちなみにこれでも弱い方のクマだぞ」

「マジかよ……強いクマどんだけだよ……」

なぜこんなに強いのか、多くの褪せ人が一度は疑問に思う。

が、理由などわかりきっている。クマは強いからだ。

「別に全部の雑魚相手にしなくたっていいんだぞ？　勝てないと思ったら迂回《うかい》するのも手だし」

「うーん、それはわかってるんだけど、アレが……」

我々に背を向けているクマの足下に白い光が見える。

なんらかのアイテムがあることを示している目印だ。

「あのアイテム拾いたいんだよ」

「あー」

白い光は主に死体から立ち上っているが、光の強さによってアイテムの重要度が違う。クマの真下にある光はどう見てもレアじゃない。

そもそも道端に落ちているアイテムがとんでもない重要アイテムなんてこと――いや、ありえない話ではないけど。

「とりあえず拾ってくればいいだろ。襲われたら逃げりゃいいし」

「よ、よし……行ってくる」

おそるおそるクマに近づくダイ。

ぼくに相談する直前までさんざんやられたのだろう、完全に及《およ》び腰《ごし》になっている。

足音を立てないよう、ゆっくり歩いて近づいていく。

そしてクマに密着するほどの距離に立ったダイは、そっとアイテムを拾った。

「金の排泄物――」

やっぱりそうか。

そんな気はしていた。

「ウンコじゃねーかよ！　なんでウンコが落ちてんだよ！」

「野生の動物が住んでる森だからなぁ」

「ていうかウンコなんてアイテム、なんで存在してるんだよ！　どう使うんだよ⁉」

「毒の壺の材料になるんだ。投げると猛毒を与える消費アイテムだな」

「ウンコって毒なの⁉」

「毒だよ」

糞便《ふんべん》は病原菌の塊のようなものだ。

免疫《めんえき》がない生き物に投げつければ、傷口から入って破傷風《はしょうふう》になる。おそらくこのゲームもそういうフレーバーで実装しているのだろう。

「でもさぁ、金の排泄物ってことは金色のウンコだろ？　それって――――」

ダイがなにか言いかけたその時、くぐもった声が聞こえた。

排泄物を手にしているダイの背後で、クマがこちらを見ている。

もちろん友好的な態度には見えない。

そう認識した次の瞬間、ぼくはダッシュで駆け出す。

「ああっ！　おい待てユウ！」

さらばダイ。お前のことは忘れない。

「ちょっ！　待てって！　やっべ、クマ速い！　めっちゃ速い！」

リアルのクマも時速四十キロで走れると聞く。

速く走るためには筋肉が必要で、あの巨体の中にはそれがみっちり詰まっているのだ。

「助けてユウ！　助けてぇぇぇっ！」

後ろでダイが殴られる音を聞きながら、ぼくはダッシュする速度を緩めなかった。

「ふふふふ…………あははははっ！」

「なに笑ってんだよユウ！」

これが笑わずにいられるか！

腹の底からこみあげる笑いを一切隠さずに発散する。

――こんなに笑うの、久しぶりだな。

ダイに対して失礼なんて思わない、というか、失礼かもとすら思わなかった。

これはどういう感情なんだろう。

笑いながら、そんなことを考えていた。

そしてダイは排泄物を握り締めたまま灰になった。

『なぁ…………もしかしてこのゲームのクマ最強なんじゃね？』

「動物がクソ強いのは認めるけど」

『え、それって……？』

「強い動物がクマだけなんて誰が言った」

『嘘《うそ》だろ……他にもいるのかよ……』

＊＊＊＊

いつかは破綻《はたん》が来ると思っていた。

それがわかっていながらも、ぼくは何も言わなかった。

「くそっ……！　勝てねぇっ！」

廊下の壁を叩いて悔しがるダイ。

「何がいけないってんだよ！」

激しい感情を吐露するダイに、周囲の生徒がびっくりした顔をする。

「おい、やめろ。ぼく達がケンカしてるみたいに見えるだろ」

「あ……ごめん。みんな、なんでもないから！　マジで！」

全方面に頭を下げてから、ダイは再び頭を抱える。

「どうやったら勝てるんだよ……あのゴドリックって奴《やつ》」

接ぎ木のゴドリック。

忌み鬼マルギットが守っていた門の先、ストームヴィル城の奥で待ち構えているボス。

黄金樹の根源、エルデンリングの砕かれた破片、大ルーンを持つ者――デミゴッドと呼ばれる偉大な血族のひとり。

その体躯《たいく》には無数の腕を〝接《つ》いで〟あり、多くの褪せ人や、狭間の地の住人を殺してきた自慢をしているかのよう。

臆病で矮小《わいしょう》な彼の心を代弁しているみたいだ。

そう、彼は最初の大ボス。

つまりこの後に控えているであろう別の大ボスの中では一番の小物。

かつてこの地で起きた破砕戦争に負け、王都からこの辺境に逃げてきた敗北者。

……いや、別にぼくがディスっているわけではない。

碑文にもそう書いてあるんだから仕方ないだろう。

敗北が石に刻まれるほどって、周りからどれだけ嫌われていたんだ。

「マルギットよりも攻撃のパターン多いし、単純にＨＰも多いし、半分まで削ったらあんなんなるし、もうマジでどうしたらいいか……」

そんな小物のゴドリックにすら勝てない、もっと小物のダイ。

ま、そりゃそうだろう。

どんな風に負けたのか想像がつく。

「なぁユウ！　なにか手があるなら教えてくれよ！」

「手ならいっぱいあるだろ」

「いやゴドリックの話じゃなくて」

「ゴドリックの話じゃないよ。お前のことだよ」

「オレ？」

「そうだよ」

「だって、もうできることは全部試したぞ？　聖杯瓶の数だって増やしたし、攻撃パターンも勉強したし」

「敵の攻撃パターンを覚えても、結局刀で斬りかかるだけだろ？」

「う……」

最初からずっとそうだ。

「侍」という素性を選んでから、こいつはずっと打刀一本でやっている。

他の手段を知っていても、あえて刀で戦おうとする。

「なんでそんなに刀にこだわるわけ？　ダイのご先祖様、侍かなにかだったのか？」

「あー、確かそう。どっかの武士。いや別にだからってわけじゃないんだけどさ」

「じゃあなんだよ」

「魔法とかそういうの慣れないっつーか……なんか卑怯《ひきょう》な感じがするんだよ」

「はぁ？」

「遠くから狙い撃つのって、ズルい気がして」

「…………」

ぼくはガックリと肩を落とす。

「……どいつだ」

「え？」

「どこのブロガーやユーチューバーに影響された？」

「えっ、いや、影響っつーか……」

言葉を濁しやがって。やっぱり図星じゃないか。

「なんか、武器をコロコロ変えたり、遺灰使ったりするのは卑怯だって、そういう声をよく見るから……」

「バカ！　大バカ野郎っ！」

今度はぼくが叫ぶ番だった。

廊下から教室からあらゆる視線がぼくに刺さる。

「あ……ごめん、なんでもない、です」

「なんでもないよー！」

ぼくと一緒にダイが頭を下げてくれる。

首をかしげている奴らが大半だが、その中には「なんであの五十嵐とあんな暗いヤツが一緒にいるんだ？」と思っている者もいるだろう。

「……ごほん」

咳払《せきばら》いをして落ち着き、気分を変える。

「あのなダイ。縛りプレイっていうのは、上級者がやるものだ」

「う……」

「もしくはロールプレイの一種だ。とにかくそういう〝生き方〟が好きな人間がやるものでさ、でっかいリスク抱える代わりに、成功すると気持ちいいってリターンがある」

「う、うん」

「お前が本当に刀が好きで、それ一本で行きたいって言うなら止めはしないよ。けど、他の戦い方が卑怯だとか思うなら、そういう戦い方してる人にも失礼だろ」

「た、確かに……魔術師で戦ってる人もいるだろうし……」

「それに魔術や遺灰ってのはプレイヤーに備わってる力だろ？　エルデンリングの世界じゃ手足みたいなもんだ。それを使って恥ずかしいことなんて何もないだろ？」

「あ……そっか。あの世界で戦ってる奴ら、みんな普通に魔法使ってるんだよな。別に特別なことでもないのか……」

「それにもう鉤指使ってマルチプレイもやってるんだ。ぼ、ぼくというスーパーチートキャラを使ってるんだから、他の技なんて大したことない」

「自分で言うか」

吹き出すダイ。

ぼくも言ってて恥ずかしくなったが、こいつにわからせるためだ。

「それに、だ」

一番大事なことを教える。

「エルデンリングの敵なんてみんなズルみたいな強さしてるんだから、こっちだってズルみたいな戦い方したっていいじゃないか」

「……………だな！」

頷《うなず》くダイの顔は晴れやかだった。

これでコイツも少しは新しい戦法を思いつくといいんだが――

＊＊＊

それから二日後。

『ユウ！　ゴドリック倒した！　ひとりで！』

そんなメッセージが届いたので、ダイに会いに行った。

いつものようにエルデンリングの世界に行き、指定された場所のサインを調べる。

リエーニエ地方、レアルカリア魔術学院の入口。

そこにソイツは立っていた。

『お～い、ユウ！　見て見て！』

いつもの鎧《よろい》に刀というサムライスタイルは欠片《かけら》も残っていなかった。

ヒラヒラしたローブに細長い杖《つえ》。どこからどう見ても魔術師のスタイル。

『魔術初めて使ってみたけど、いやー、これよくできてるわ！　ただ遠距離から撃つっていっても、出るまでにちょっとだけタメが必要なんだな！　直接武器で殴るより時間かかるから、全然卑怯じゃなかったわ！』

先日、学校であんなに悩んでいたのは別人だったのでは、と思えるほどカラッとしたダイの声。

まるで解けない問題の解法がパッと思い浮かんだような気分なのだろう。

『な、どうだユウ！　これでゴドリック倒せたぜ！』

「倒せたんなら、それが正義だよ」

『だよな！　いやー、オレこういうの向いてるかも！』

「新しい世界が開けたようで、なにより」

『ただ魔術使いだと、武器が杖だけってのは難しいな。刀で斬った方が早い時もあるし』

「斬ればいいいだろ」

『え？　武器装備できんの？』

「え？」

わずかな沈黙。

「右手に刀持って、左手に杖持てばいいだろ」

『…………あー！　その手があったかー！』

まだまだダイの頭は硬い。

しかし魔術という新しい道を選んだことで、こいつの世界は劇的に広がった。

別の選択肢があるという事実に気づけば、あとは学ぶだけだ。

ところが――

その〝気づき〟がダイに与えた影響は予想以上だったのである。

＊＊＊

休み時間、教室の机に肘《ひじ》をつきながらチャイムを待つ。

話す友達もいない学校で、周りの声がやけにうるさい。

「でさ、TikTokのランキングに載ってたから聴いてみたらマジで――」

「それなんて曲？」

「あのコーチ本当死ねばいいのに！　一年もマジでキレそうになってたし！」

「共通の話題だよなー、あのクソコーチ！」

「今期のアニメ不作すぎ」

「声優のレベルも落ちたよな。平成の頃と比べて」

「こないだなんか裸でレベル1でエルデの獣までブッ倒してやったぜ！」

「マジー？　すげーじゃん」

「このくらい時間かけりゃ誰でもできるって。楽勝楽勝」

「やっぱプレイヤースキル競うなら裸レベル1だよなー。遺灰とか使ってんの雑魚だけだろ。バランス崩れてクソゲー化するっての」


――いつもなら聞き流しているオタクどもの戯《ざ》れ言《ごと》が、今日はやけに耳障りだ。

なにがレベル1クリアだ。

お前らが勝手に決めたレギュレーションに巻き込むな。

こうやってイキることしか考えないオタクがいるから、ぼくは話に混ざらない。

入学した頃は仲良くなれるかな、と思っていたけど、夢物語だ。

どいつもこいつも他人と比べて自分が優れていることを証明したがる。

オタクだろうがそうでなかろうが本質は一緒だ。

……ぼくだってそうだ。

明るい暗い関係なく、群れるヤツらを狩ることで、そいつらより上であることを示したがっている。

現実のぼくは友達もいない暗い人間だが、せめてエルデンリングだけは証明したい。

強さではなく、ただ、そこにぼくがいることを。

深淵から他者を呪い続ける、〝糞喰い〟のように――

「なあ、ユウ！」

そんなぼくの前に現れた、外の世界の住人。

「…………な、なに？」

驚きを隠そうとして失敗した。

けど、驚いているのはぼくだけではない。クラス中がこちらを見ている。

「ちょっとわかんねーところがあるんだけど、教えてくんない？」

「……なんだ」

ダイのデカい声のせいで、周囲もなんとなく納得した。

きっと勉強でわからない箇所を訊《き》こうとしたのだろう、と。

でなければあんなイケメンが闇の権化のような存在に声をかけるはずがない、と。

誰よりもぼく自身がそう思っているのだから、きっと間違いない。

しかし――

「今さぁ、魔術だけじゃなくて祈禱も色々覚えようとしてんだけどさ」

「祈禱も使うのかよ」

「だっていろんな手を使えって言ったのそっちじゃん」

机の上に広げられたルーズリーフ。

汚い字で書かれているのは、覚えた祈禱の種類だろう。

「で、何がわかんないの？」

「おう、覚えた祈禱なんだけどさ」

ダイが紙に書いた祈禱の名前を指でなぞってゆく。

火付け、火投げ、火の癒しよ――

黒炎、黒炎の儀式、薙ぎ払う黒炎――

蝿たかり、蟲糸――

「なんかだんだん物騒な名前になってってね？」

「うーん、否定できない」

「〝雷の槍〟とか〝回復〟はわかるよ。なんだよこの〝狂い火〟とか。このゲームの〝信仰〟ってなんなんだよ」

「信仰って言うと、僧侶とかプリーストとか、そういうのが使う回復魔法や防御魔法ってイメージあるよな」

ダイの意見はもっともだ。

実際エルデンリングの僧侶は物騒な奴らしかいない。

「けど、それでいいんだよ。こいつらが信仰してるのって神様じゃないし」

「神様って……あ、そうか、世界を作ったのがエルデンリングだっけ」

「うん、で、それが壊れて今の黄金樹の世界になったわけ」

「ん？　じゃあこの世界の宗教ってどうなってんの？　みんな何信じてんの？」

「それは……まぁ、いろいろ」

「いろいろ⁉」

「実際そうなんだから仕方ないだろ」

黄金樹そのものを信仰していたり、創造主であるマリカだったり、中には竜を信仰していたり、そいつら全員滅ぼそうとする奴らもいたり――

「宗教たくさんあるんだなぁ、エルデンリング」

「宗教とも呼べない何かだけどな」

「魔術にも種類たくさんあるよなー。彗星《すいせい》のナントカとか、茨のナントカとか」

「だから争いとか起こってるんだろうなー」

「リアルと変わんないな。でっかい宗教から、小さい趣味の争いまで、人間は戦ってばっかだー」

それっぽいことを言って頭を抱えるダイ。

学者みたいな態度とりやがって。

「しっかし、なんでそんなもんが気になったんだよ。ダイってそういうの考えるキャラじゃないだろ」

「勝手に決めつけんなよ！　いや、まぁ、実際そうなんだけどさ！」

シャーペンで祈禱の名前の周囲にグルグルとラクガキをする。

「魔術とか祈禱とか、たくさんあるじゃん。そういうのを拾っていくと、説明文がいろいろ書かれてるわけよ」

「ああ、フレーバーテキストな」

「そういうの見てると、面白くてさ。この世界で昔起きたこととか、その装備を着ていた人のこととか。拾っては見て、んで戦って――っての繰り返してたら、自然と頭の中の大部分を占めてたっつーか……」

「要は〝世界観にハマった〟ってヤツだな」

「そう、そうなんだと思う」

頷くダイはやっぱり笑っている。

様々な戦い方を模索しろ、とは言ったものの、ここまで深く世界にハマるとは。

きっとひとつのことに夢中になると止まらないタイプなんだろう。

善意も悪意もなく、好きなことにのめり込めるのは才能だと思う。

「いやぁ、なんか悪いなユウ。こんなことまで相談に乗ってもらって」

「相談か、これ？」

「でもないか、ただの雑談だコレ。あははは！」

雑談、ね。

こうやってクラスメイトと雑談するの、小学校以来だって言ったら笑うかな。

笑うだろうな。

でも、その後なにも気にせず雑談を続けてくれるんだろうな。

お前がそういうヤツだって、もう知ってる。

＊＊＊

他世界に侵入しました
鉤指の主Great_Guy_Michaelを倒してください
「ああ、もう、まただ！」
本当にスナイプ（配信者のマッチングに意図的に入るようタイミングを合わせる行為）でもしてんのかオッサン！

それならまだ理解できるけど、今は配信すらしてないんだぞ⁉

どうやって狙ってるんだよ！

『ハーイ、ユウ！　今日も遊ぼう！』

もはや恒例となった音声通信。

通話しながら対戦することなんてゲームではよくある話だ。ただし対戦ゲームなら。

どんな相手かもわからない状態で戦うのがエルデンリングの常であり、だからこそワクワクするのだが――

「へいへい、じゃあ行くよマイケル」

『おっ、なんだか今日は乗り気だネ！』

正直、慣れた。

もうマイケルとの邂逅《かいこう》は恒例行事のようになっている。

もういまさら驚かなくなっている。

それに対戦といっても、どうせ決着は一瞬だ。

今日のぼくはひと味違うんだからな。

「くらえマイケル！」

ぼくは右手に持った杖を構え、バフをかける。

魔術の地――その場に魔法陣を描き、魔術の威力を高める。

さらに左手の聖印を握り締め、黄金樹の誓いを唱える。

その上、魔術の威力を高めるタリスマンによって威力はさらに跳ね上がる。

そうして盛りに盛ったバフで唱えるこの魔術は、詠唱を溜《た》めることができる。

『ワオ！　こいつは――』

限界まで溜めたぼくの杖から放たれるのは、巨大な砲弾のような光。

〝ハイマの砲丸〟と呼ばれるその魔術は、文字通り砲丸のような放物線を描いて目標まで飛び、そして爆発する。

争いを鎮《しず》めるための力、とフレーバーテキストに書いてあったが、どのような争いを想定して編み出した魔術なのだろう。

『ひょおおおおおおっ！』

少なくとも、着弾したマイケルを中心に半径二十メートルくらいの争いは鎮まるに違いない。

『アップナ！　なんだよそいつは！』

その爆発から悠々と生還するマイケル。

それはそうだろう、こんなにスキが大きな魔術、正面で見ていれば誰でも避けられる。

本来は相手から見えない場所で放り投げ、爆発に巻き込むための魔術だ。

『どうしちゃったんだユウ！』

「え？」

『いつものユウと違うヨ！　いつもだったらもっと汚い卑怯な手で襲ってくるじゃないカ！　なのに今日はハイマの砲丸を正面からぶっ放すなんて、バカみたいだヨ！』

「バカってなんだよ」

いつも使っているのが汚い卑怯な手、というのは否定できないが。

『僕と遊びたいのカイ⁉　それとも僕のことなんかどうでもよくなっちゃったカ⁉』

「いや、そういうわけじゃ――」

弁解した後で、なんで弁解なんかしなきゃいけないのか、と思い直す。

もともとマイケルなんてウザいだけの妙なおっさんであり、気を遣う必要なんてない。

だから正直に言ってもいいだろう。

「――ただ、面白そうだと思ったからさ」

『ホワット?』

「他に理由なんてないよ」

きっかけなんて、大体そういうものだろう。

エルデンリングだってそうだし、そもそもぼくがフロム・ソフトウェアのゲームに惹《ひ》かれたのもそうだ。

ネットで騒がれている、激ムズゲーム。何度も負けて、何度もやり直して、ようやくクリアした時の達成感。

今までやってきた簡単なゲームとは違う。
だから面白そうだと思ったたし、実際面白かった。
そんなフロム・ソフトウェアが作るゲームなら、次回作も面白いに違いない。
エルデンリングをプレイしようと思った理由としては充分じゃないか。
『ハハッ！』
するとマイケルは後ろに下がり、緋雫の聖杯瓶をひとつ飲む。
HPを全快させると、ぼくを誘うジェスチャーをしてこう言った。
『オーケー！　ユウ！　もう一発カモン！』
「へ⁉」
『面白そうだ！　僕も試したくなったよ！　今度は避けないから、僕を倒してミナ！』
「ほぉ……！」
なんだかマイケルも乗ってくれたようだ。
てっきり呆《あき》れて帰ってしまうかと思ったのに。
だが、そういうことなら容赦しない。
「行くぞマイケル！」
もう一度、魔術の地からバフをかけ直す。
さっきと同じ――いや、もっとだ。

魔術の地、黄金樹の誓いに加え、さらに高揚の香り――調香瓶を使って攻撃力アップ。

もちろん装備もタリスマンも魔術の攻撃力を上げるものに全振りしている。そこまで盛った上で、最大まで溜めたハイマの砲丸をおみまいする。

フィールドはリムグレイブの草原。ふたりを阻む障害物はなにもない。

「くらぇぇぇぇぇぇっ！」

ぼくが掲げる杖から、巨大な弾が撃ち出された。

弾と呼ぶにはゆっくりした速度で放物線を描くそれは、マイケルの頭上へと飛んでいく。

『ハッハァ～ッ！』

爆発が生じる。

ここまで攻撃を盛れば、よほどHPを強化していなければチリすら残らない。

バフも含めて攻撃までやたら時間がかかるので、実戦ではまず使えない魔術。普通は唱える前に接近されて殴られて終わりだが、発動してしまえば必殺の魔法。

それを喰らって――マイケルはまだ立っていた。

「……マジ？」

HPは三割ほど残っている。

『ヒュウ！　僕の勝ちだぁっ！』

「嘘だろ……なんで生きてんだよ」

『生き残れるようにがんばったからサァ！』

「でも、ノーガードだったよね？　盾も構えてなかったし」

『ノーガードでどこまで耐えられるか、こっちも試したんだヨ！　魔力障壁だけじゃ足りないと思ったカラ、魔力カットの装備やタリスマン付けて、抗魔の干し肝も食べて』

「そんなに……！」

『プロレスは相手の攻撃を全力で受けるものサァ！　こっちは本場だヨ！』

こっちが攻撃バフを盛っている間、あっちは防御バフを盛っただけ。

念のために説明すると、防御バフを盛る必要なんてまったくない。こっちに大きなスキが生まれているのだから、そのまま攻撃した方が早いのだ。

「なんでそんなこと……」

『面白そうだと思ったからサァ！　ユウと同じだヨ！』

「……………………」

いろいろ言いたいことはあったが、結局なにも出てこないまま。

正直に言えば、ぼくもマイケルの戦法は面白いと思ってしまった。

『どうしたんだイ？　面白くなさそうな顔して』

「面白くないからだよ。ていうか顔は見えてないだろ」

『ノーノー、僕には見えるヨ！　ユウの可愛《かわい》い顔がぷくーって膨《ふく》らんでるのが』

「うるさいなオッサン」

『しかし、本当にどうしたんダイ？　いつものユウらしくない。なにかイイコトでもあったのカイ？』

「いいことっていうか、ほら、例の――」

『ああ、ユウの弟子だネ！　あれからも協力して攻略してるんだ⁉』

「そいつ、本当にエルデンリングを楽しんでてさ。新しい戦い方を勉強したり、そのための装備を拾いに行くついでに世界観に感動したり……」

『ホウホウ！』

「なんか、ぼくも初めて遊んだ時はそうだったかなって」

『ユウはエルデンリング始めた時から腐ってたじゃないカ。最速でクリアしてやるって息巻いてたダロ』

「…………だから、羨《うらや》ましかったのかな」

ぼくにはできなかった楽しみ方をしているダイ。

最初はその天真爛漫《てんしんらんまん》な性格にムカついていた。

こういうヤツを絶望させて闇の部分を暴いてやろうと思っていた。

だけど――

正直、慣れた。

それは仕方ない。毎日のように遊んでいるから。

ぼく自身、ダイにかなり影響を受けている自覚はある。

問題はそんな自分をどう感じるかだ。

自分と、周りが。

マイケルは今のぼくをどう思っているのか。

怖くて――訊くことができない。

＊＊＊

『ありがとうユウ！　お前のおかげでいろんな戦法に気づけた！』

「それはなにより」

丁寧《ていねい》にお辞儀《じぎ》をするジェスチャーをするダイ。

アルター高原西部――

黄金樹がそびえ立つ王都ローデイルに隣接している金色の大地。

新緑のリムグレイブとは違い、黄金樹の影響を強く受けているせいか常に朝焼けのように輝いている、美しい土地。

ストーリーで言うなら、もう中盤戦に入ろうとしている褪せ人が足を踏み入れる地域。ここまで来る頃には、自分なりの戦闘スタイルが確立されているだろう。

とはいえ世界の半分も知らない状態だ。

ここからダイはどのような冒険をするのか、ぼくは楽しみにしている。

『魔術も祈禱も覚えたし、武器のバリエーションも増えたよ！』

「それはいいけど、ちゃんと使えてるのか？　レベル足りてる？」

装備や魔術等には使用可能ステータスがある。

その数値に足りないと使いこなせないはずだが——

『使えるようにレベル上げた！　おかげで寝不足だわ！』

「レベル上げしたのか。ダルくなかったか？」

『いや別に。動画とかテレビ見ながら片手間に』

「そりゃ才能あるわ」

ぼくも必要に迫られたらレベル上げくらいするが、長時間は無理だ。

すぐに飽きてしまうので、できるだけ効率の良いやり方を探す方向に変えた。

『それでさユウ、オレはあらゆる戦法を試したけど、まだ試してないものがあるんだ』

「ん？　魔術も祈禱もやって、遺灰も使って……あと他になにが足りない？」

『お前だよ』

「ぼく？」

『そうだよ、協力プレイなのに今までずっと後ろで見てもらっただけだ。オレにアドバイスだけしてもらって、本当に悪いとは思ってる』

「いや別に、ぼくも好きでやってただけだし」

事実、後ろからダイについていくのは楽しかった。

実況プレイ動画を追うよりも臨場感があり、その場で会話もできる。まるで実況の中に入り込んだような楽しさがあったんだ。

「いいのか？　ぼくが手伝ったら――」

『いいんだよ、オレはどんな手も使うって決めたんだ』

「ほお、つまりそれでも倒したい敵がいるってことだな」

『うーん……』

「え、なんでそこで考えこむの？」

『いや、頑張ればオレひとりでも倒せる……かもしれない』

「だったらぼく要らないじゃないか」

『いや、要る』

「なんで？」

『だって、そっちの方が楽しそうだし』

……こいつもか。

そうやって、ぼくを惑わせる。

「つーわけで、協力してくれよユウ」

「……わかったよ」

断れなかった。

ぼくもダイと同じことを思ったからだ。

＊＊＊

アルター高原西部、王都ローデイルに続く道。

巨人族が悠々と闊歩《かつぽ》できるほど広い坂――いや、あるいは本当に巨人が歩くことを想定して建造したのかもしれない。

すでに目的も忘れた弓兵が侵入者をひたすら狙う階段を駆け抜けた先にある、巨大な門の前に待ち構える二騎の騎士たち。

『いたいた、ツリーガード兄弟』

まるで仁王像のように門の左右に配置されたそいつらは、エルデンリングをプレイしたことのある者なら誰でも知っている強キャラである。

なにしろそいつはチュートリアルを終えて狭間の地へ出た褪せ人が最初に目にする敵だから

だ。

野生生物や雑魚兵士に混じって、ひとり異彩を放っている黄金の騎士。

オープンワールドゲームに慣れた者なら「あ、こいつは避けて通るヤツだ」と直感で判断できる。

当然のことながら並のボスより強く、この世界の厳しさを叩き込んでくれる理想的なお邪魔キャラだ。

そいつが二体、門の前にいる。

『これってさぁ、ここを通りたければ我々を倒してから行けってヤツだよな』

「ここまで来る実力があれば勝てるだろ、って挑戦状かもな」

対するぼくとダイもふたり。

人数差はなく、対等の戦いと呼べる。あくまで人数差だけの話だが。

『じゃあユウ、さっき話した作戦でいいか？』

「ああ、わかった」

ぼくは聖印を持ち、ツリーガード達に向かって走り出す。

同時にダイも走り出す。

ツリーガードが接近を感知し、騎馬の首がこちらを向く。

『いくぞぉぉぉぉぉっ！』

同時に突進してくる二騎のツリーガード。
離れていた二騎が接近した瞬間を狙い、ぼく達は二手に分かれた。
読み通り、まず二騎ともぼくの方を向く。
巨大な斧槍《ふそう》がふたつ、ぼくの身体《からだ》を貫くために突き出される。
敵の攻撃、それに反応したぼくの回避、時間にしてたって五秒もない。
しかしダイが攻撃をするのに充分な時間だ。
『くらえぇぇぇぇっ！』
ダイが緑色の霧を撒《ま》き散《ち》らす。
毒霧——文字通り、継続的にダメージを与える毒を喰らわせる祈禱。
ダイの攻撃に反応したツリーガード達が振り向く。
そしてぼくの頭上に竜の頭が出現し、ブレスを吐く。
真っ赤な色をした竜の吐息がツリーガード達を埋め尽くす。
こちらは腐敗ブレス——朱い腐敗を撒き散らす凶悪な攻撃。
毒と腐敗、そのふたつの継続ダメージが重なるとどうなるか——
『よっしゃ逃げろぉぉぉぉっ！』
ダイと一緒に走り出す。
背後からツリーガードが追ってくるが、こちらは一目散に走り出す。

相手は毒と腐敗という二重の継続ダメージを負っているので、こちらが攻撃しなくてもモリモリＨＰゲージが減っていく。

つまり、逃げ続ければ勝てる。

『うっひゃあ！』

執拗《しつよう》に斧槍で追い回すツリーガードだが、こちらはとにかく逃げる。

卑怯で汚い、臆病者の誹せ人に対して激怒しているのだろう。

だが、そんなの知ったことではない。

勝てば正義なのだ。

『うおおおお、やばいやばいやばい！　殺されるぅぅっ！』

階段を駆け巡るぼくの隣で、何回か槍に突かれているダイ。

当然ながら削りきる前にこちらが死ねばゲームオーバー。

耐久戦は防御側が有利とはいえ、必勝できるわけではない。

『やばいやばいやばい！』

「がんばれー」

『なんでそんな余裕なん――っ、あはははははは！』

いきなり笑い声が聞こえた。

「なんだ、どうした」

『いや、なんか、あはははは、面白くなっちゃって、あはははは！』

「なにがそんなに面白いんだよ」

『わかんね！　でも、あはははは！』

「なんだそれ……ぷっ」

思わずぼくも吹き出してしまったじゃないか。

けど、たしかにおかしい。

なんでぼくはこんなことをやっているんだろう。

意味がわからないが、それでも楽しい。

『あはははははははっ！』

「あははははははは！」

とうとうぼくも堪《こら》えきれなくなり、声をあげて笑った。

認めざるを得ない。

こいつと――ダイと一緒にエルデンリングをやるの、楽しい。

幕間1

There's the bond
just ahead.

「うぁ～………」

腹を押さえてなんとか教室に入る。

ぼくの顔を見たクラスメイトが少しだけ驚いたが、なにより一番慌てていたのはダイだった。

「おいユウ！　もう学校来て平気なのか⁉」

「あー……うん、なんとか……」

「本当に平気か？　なんがゾンビみたいな顔してるぞ？」

ぼくの頬に両手で触れてムニムニ動かすダイ。

ゾンビで済むならまだラッキーだ。

食中毒は下手したら死ぬかもしれないからな。

母親がパート先でもらってきた牡蠣《かき》がいけなかった。

ちゃんと火を通したと母は主張するが、加熱が不十分だったのだろう。

家族の中でぼくだけ当《あ》たって、三日間寝込んだ。

「おいやめろダイ……」

「げっそりしちゃって……マジで休んだ方がいいんじゃないか？」

「食事はできるから、多分いけるいける」

なんとか席に座ると、周囲も心配そうな顔をしている。

「おい本当に大丈夫か？　食中毒ってヤバいんだろ？」

隣の席の小島《こじま》がぼくの顔を覗《のぞ》き込《こ》む。

「目つきまでこんなに悪くなって」

「目つきが悪いのは近眼だからだよ。知ってて言ってるだろ」

「いやでも元気になってよかったよ。五十嵐《いがらし》が心配してたし」

「し、してねーよ!」

説得力のないツッコミを入れるダイ。

「食中毒ってどんくらいヤバいの?」

小島の隣にいた板橋《いたばし》さんが尋ねる。

彼女は食中毒になったことがないのだろう。なんて幸せな人生。

「思い出したくもない……キツかったぁ……」

あの地獄の三日間は、本当に死を覚悟した。

「体内の水分が上からも下からもバーッて出て、内臓が全部ひっくりかえったような気持ち悪さが延々と続くんだよ……」

「うわぁ……!」

板橋さんが口を押さえる。

「徐々にHPが削られていく感じ……食中〝毒〟とはよく言ったもんだよ。頭の上に緑色のモヤモヤが出てる感覚、わかる?」

「全然わかんない」

板橋さんは首を横に振るが、ダイや一部の男子はピンと来たようだ。

エルデンリングの状態異常〝毒〟は一定時間、徐々にＨＰが減っていく。一度に減るＨＰはごくわずかだが、それが長時間続けばかなりのダメージになる。

「ゲームの主人公は偉いよ。こんなキツい状態異常なのに平然と戦ってるんだから」

ぼくの呟《つぶや》きに男子たちがまた頷《うなず》く。

「ま、でもそれだけ言えるんなら安心だ。とりあえず今日は安静にしてろよ」

ダイがぼくの頭をぽんぽん叩《たた》く。

ぼくはペットか何かか。

ま、心配してくれたのは少し嬉《うれ》しいけどさ。

「おーい、どいてくれー！　危ないからー！　どいてー！」

ぼくが落ち着いている時、廊下はバタバタしていた。

なにやら別のクラスの男子が長机を運んでいるようだ。授業で使うのだろうか。

力に自信があるのだろう、ふたりがかりで巨大剣のごとき大きさの長机を三つ重ねて運んでいる。

「おい大丈夫かあれ……」

力自慢なのはいいが、長机を三つも重ねたらバランス維持が難しくないか。

そんなぼくの予想を裏付けるかのように、

「あっ、ああっ、あああああーっ！」

バランスを崩したせいで、一番上の長机がスライドして落ちていく。

しかも落ちた先はうちのクラスのドア。

頑丈なドアだが、重い机がぶつかった衝撃で激しく揺れ、ドア窓がガシャーンと音を立てて割れた。

「うわー！　やっちまった！」

「おい、ホウキとチリトリ！」

「先生呼んでこないと」

ガラスを割った男子だけでなく、うちのクラスの連中も現場に集まる。

事故や事件が起きたら自然と助けに入ろうとするのは美点だと思う。きっといい奴《やつ》が多いのだ。

ぼくも本来なら助けに行くべきだが、病み上がりなので立ち上がれない。

「おい、ガラスに触るな！」

率先して駆けつけたのはダイだった。

「ガラスは割った本人が触ると、動揺してうまく拾えないんだ。他の人に任せてお前らは机を片付けろよ」

そう言ってダイは大きなガラス片をヒョイヒョイ拾う。

その手際の良さ、どこかでバイトした経験かなにかだろうか。

こういう時に動けるのは、素直にカッコイイと思う。

「いってぇっ！」

見直した次の瞬間、ダイが悲鳴をあげる。

「いてぇ～………腕切ったぁ……」

「なにやってんだダイ！」

思わずぼくまで立ち上がっちゃったじゃないか。

「ユウ～……絆創膏《ばんそうこう》かなにか持ってない～？」

数秒前までのカッコ良さは完全に吹き飛び、情けない顔でこちらに寄ってくる。

「いてぇ……血がどんどん出てくる……」

「ほら絆創膏」

「ううう……ありがと……」

ぼくが渡した大きめの絆創膏を腕に貼り付けるが、かなり深く切ったようで、すぐに絆創膏が血で真《ま》っ赤《か》に染まる。

最大サイズの絆創膏でも足りないなら、保健室に行った方がいいかもしれない。

「いてぇ……いてぇよぉ……」

「だらしないな、血くらいで」

「だって血だぞ？　出血したらゴソッとＨＰ減るだろ？」

エルデンリングの出血ダメージは、最大ＨＰに比例した固定ダメージを受ける。

出血の状態異常値が一定まで蓄積すると、一気に減る。じわじわ削る毒や腐敗の状態異常とは違い、傷口が開いて大量出血するイメージなのだろう。

「ぼくは見慣れてるし」

「見慣れてるからって、痛いの我慢できるわけじゃないだろ……うう……保健室行ってくる……」

「お大事になー」

これじゃどっちが病人かわからないな。

＊＊＊

また別のある日。

「なぁ……ユウ。相談したいことがあるんだ」

休み時間、深刻な顔でぼくの前の席に座るダイ。

こいつがこんな顔をしている時は、だいたいエルデンリングのことを考えている。

「前にさ、信仰について訊《き》いたじゃん」

「ああ、うん、ようやく理解できたか？」

「理解……できた気がする。神様以外にもいろんな信仰があるんだな」

黄金樹信仰、獣信仰、竜餐信仰など、狭間の地には信仰の対象がたくさんある。

人間の力では及ばない存在に対して、畏敬の念を抱くのはリアルでも同じ。

「で、それがどうしたんだよ？」

「ああ、それで祈禱について調べてたんだけど――」

信仰を力に換える祈禱はさまざまな効果を持つ。

ＨＰを回復させたり、敵を攻撃したり、失《う》せ物《もの》を見つけたり。

褪せ人の冒険を助ける重要な力のひとつだが……。

「〝発狂〟ってどういう状態なんだろう？」

「え？」

また公共の場で言いにくいワードを出してきたな。

「そりゃあ、精神が侵されてグチャグチャになるような……そんな状態だろ？」

「それはわかる。けど、何が精神を壊すんだろうって」

「発狂の状態異常は〝狂い火〟信仰だろ。〝狂える三本指〟の信奉者が使うんだから、その

〝三本指〟のパワーが脳内に入り込むんだ」

「どういう気分なんだろう、それって」

「ええ……？」

考えたこともなかった。

狂い火の力が頭の中に入り込むということは、別の信仰対象を強引に認識させるようなもの。

概念として忌避されている存在が頭の中に入る——

それなら発狂した褪せ人が頭を抱えて苦しむのもわかる気がする。

ただ、どういう実感なのか想像もつかない。

「……………………」

ぼくもダイも考えこんでいると、教室の扉が開いた。

ヤンキーの野田《のだ》がいつものように遅刻してきたようだが、様子がおかしい。

「……う……あぁ……………」

「おい野田。どうした？」

ダイが気遣うと、野田はうつろな目で答える。

「…………昨日……行ってきたんだ…………ライブ……」

「ああ、野田お前、竹林坂47のファンだったもんな」

「そうだ……俺はセンターの平田夢路《ひらたゆめじ》ちゃんが好きで…………好きだった……」

「ライブでなにかあったのか？」

「そこで……………目が合ったんだ…………幻《まぼろし》蝶子《ちょうこ》ちゃん……絶対に俺を見た……目が合って、笑ってくれたんだ……」

「は⁉」

「違う……俺は夢路ちゃんが好きなんだ……けど…………蝶子ちゃんが俺の中に入ってくる……どんどん好きになる……ああ…………俺はどうしたら…………」

そう言い残すと、ヤンキーの野田はばったりと倒れた。

事情が事情だけに、助ける奴は誰もいない。

「……なるほど、こういう状態になるのか」

狂い火の力には気をつけようと心に誓った日であった。

＊＊＊

「おーい！　金森《かなもり》！　金森いるかー⁉」

今度は教師が教室に入ってくる。

英語の中村先生だ。

「……なんですか？」

「なんですかじゃないよ、お前だけまだプリント提出してないだろ。二学期のまとめプリントだよ。英語で小論文書くお題の」

「えっ……？」

慌てて机の中を漁《あさ》ってみると、白紙のプリントが出てきた。

ぼくが食中毒で休んでた時に配られたのか。

「それ提出してくれないと成績つけられないんだよ。下手すりゃ単位落として留年するかもしれないぞ。期限、明日までだからな」

「えぇぇ……！」

下手したら留年って！

まずい……まずいぞ……！

〝死〟の蓄積値が溜《た》まっているのを感じる……！

満タンになる前にやっつけないと……！

それから一日かけて小論文を書いたが、ぼくのＨＰはカラッポになった――

もちろんエルデンリングなんてやってるヒマはなかった。

3

燻る

There's the bond just ahead.

「うーん、こっちじゃないかな」

『そうだっけ？　向こうの屋根から行くんじゃないか？』

今日もぼくはダイの探索につきあっている。

リエーニエ西部、レアルカリア魔術学院――

石造の建物がいくつも建ち並ぶ巨大な都市のようなレガシーダンジョンだ。

月の女王レナラと、その配下の学院生が待ち受ける凶悪な場所。

現在は屋内ではなく、屋根から屋根へと伝ってエリアを探索している。

複数の腕を持つ人形兵士が大量の矢を放ってくるが、これがまたウザい。ダメージもさることながら、落ちたら死ぬ屋根の上で撃ってくるのは本当にウザい。笑ってはいけない雰囲気で変顔を見せてくるようなウザさだ。

『なぁ、本当にこっちであってる!?　マップとかないの!?』

「あってる……はず」

正直、ぼくも自信がない。

目的のアイテムを手に入れるまで、複数の建物の屋根を経由する必要があるのだが、どの建物も似たような形をしている上に、高低差の違う屋根を飛び降りたり、時にはハシゴで登ったりと、三次元的な移動を要求されるのだ。

仮に紙の地図があったとしてもナビゲーションするのは難しいだろう。

「ま、間違えたら最初からやり直すだけだ。失うものなんてない」

『オレたちの時間を失うんですけど⁉』

「ま、それはそれとして――」

ぼくが屋根からジャンプし、目の前で弓を構えている人形兵士に斬りかかった、まさにその時だった。


――血の指 Jango_the_stubber に侵入されました！


『⁉』

ダイの動きが止まる。

ぼくは人形兵士を破壊してすぐに建物の壁に張り付き、死角を消す。

『お、おい、ユウ！　なんか侵入されたって！』

「うん」

そろそろ来る頃だとは思っていた。

詳しいアルゴリズムは公開されていないが、エルデンリングの侵入システムは一定のレベル帯でマッチングされるようになっているらしい。

要はレベルが近い者同士で対戦させられるのだ。

ぼくがかつて初心者を狩った時は、初期レベルに近い状態のサブキャラを使った。

しかし大抵のプレイヤーはある程度レベルを上げ、それにふさわしい装備や術を身につけて侵入者になるものだ。

ダイもここまでの冒険で多くのルーンを得た。

しかも新たな武器や術を使うためのステータスに近づけるため、かなりムチャをしてレベル上げをしたに違いない。

そのため、侵入者のお眼鏡《めがね》にかなうレベルまで上がってしまったのだ。

「よかったなダイ」

『なにが!?』

「侵入者に〝敵〟として認められたってことだ」

『喜べねぇ！』

ダイはまだ屋根のど真ん中をウロウロしている。

こんな高い場所で無防備な姿を曝《さら》け出《だ》している人間、狙撃手《そげきしゅ》から見れば格好の的だ。

「ダイ、こっちに来い。壁を背にすれば狙われない」

『お、おう』

侵入者の姿は見えない。

ぼくが侵入者ならば、とっくにダイを遠距離から攻撃している。

なのにそうしないということは――

舐《な》めているのか、あるいはダイに何か策があると勘違いしているか。

「ダイ、なにしてるんだ、逃げろ！」

『あ、ああ！』

ぼくの言うとおりにダイが逃げ出す。

侵入者はまだこちらを探しているのか。遮蔽物《しゃへいぶつ》の多い学院エリアだ、しばらく見つけられない可能性もある。

その数秒のうちにダイは絶好の隠れ場所を見つけたようだ。

「……そこに隠れたのか」

『へへっ』

ダイの隠れ場所に、ぼくは嘆息《たんそく》する。

まぁ、逆に見つけにくいかもしれない。

「あっ……！」

侵入者が現れた。

ぼく達の前に、どこからか飛び降りて。

褪せ人を消すために他者の世界へ侵入する、血の指の使徒。

そいつは――

「こいつ……!?」

頭に奇妙な被り物《もの》を被っていた。

侵入者の特徴である、赤黒い光を放つ全身は素《す》っ裸《ぱだか》。

ただ頭だけが巨大な目を持つカエルのような覆面をしている。

しろがねの覆面という、狭間の地で暮らすしろがね人の頭を模した装備だ。

『なにこいつ!?』

こっちが聞きたい。

一応、しろがねの覆面は神秘のステータスが上昇する効果があるので、出血などの状態異常を狙う場合には有効……いや、もっと神秘が上がる装備はたくさんあるので、完全に趣味だ。

マイケルといい、こういう連中は一定数するものだ。

一定数、な。全員が全員こんなんじゃないからな。

『なんかこう……倒すのに躊躇《ちゅうちょ》しなくていいな!』

「ポジティブだな!」

だけど同感だ。

しろがねの侵入者は武器を構える。

両手に持った鞭《むち》――〝ホスローの花弁〟を二刀流か。

「気をつけろダイ。こいつ見た目以外は強いぞ。武器がガチだ」

『マジかよ』

「一発喰《く》らったら死ぬと思え」

『一発で⁉』

ホスローの花弁は出血の状態異常を発動させることができる。もともと備わった攻撃力に神秘で強化された出血の蓄積値が加わることで、大抵の褪せ人はそれだけで死ぬ。

仮に生き残ったとしても、二撃目で確実にやられる。

近接武器同士の対人戦はいつもこうなる。まるで侍の真剣勝負のように、一瞬で勝負が決まる。

「ぼくが先に行く。ダイはそのまま隠れてろ」

これはダイの力量を侮った発言ではない。

いけると判断したら、すぐに攻撃しろという命令だ。

対人戦はホストであるダイが死ねば終わり。逆に言えばダイさえ死ななければいい。

ぼくより先にダイが死んではいけないのだ。

だからぼくが出る――

『……気をつけろよ、ユウ』

「うん」

しろがね頭の侵入者の前で、ぼくは一礼する。

構えるのはレイピアと盾。今のぼくはダイの盾になって攻撃を受けることに慣れていた。

だから現時点で最強の盾——指紋石の盾という巨大な石を掲げ、相手を威嚇《いかく》する。

物理攻撃を完全にカットし、スタミナもわずかしか減らない代わりにめちゃくちゃ重いこの盾、見た目通り殴っても強い。

しかし、相手の持つ出血属性はガードしても蓄積値が溜《た》まる。

ぼくが完全に不利な状況だが、しろがね頭は油断しない。

屋根の中央に立っている渾天儀《こんてんぎ》——

星の観測をするために作られた、地球儀の宇宙バージョンような台座。

レアルカリア魔術学院は星の運行も魔術に関《かか》わると信じ、研究を続けているようだ。だからこういう物があちこちにある。

それを中心に、ぼくらはぐるぐると周りながら間合いを計っている。

まっすぐに距離を詰めようとすれば渾天儀に邪魔をされるので、自然とその周囲をウロウロする形になっている。

互いに武器を構え、きっかけを待つ。

決まれば一撃、しかし決まらなければ――

「今だ！」

ぼくの合図と共にダイが現れる！

つい先ほどまで立っていた渾天儀に化けていたのだ！

アイテム〝擬態のヴェール〟――周囲のオブジェクトに化けることができる。

本来なら岩に化けて他の岩に混ざったり、本に化けて他の本に混ざるのがセオリーだが、屋根のど真ん中で堂々と化けるのは珍しい。

そんな場所に渾天儀があるはずない――とは、思われない。

あまりにも堂々としていると「そういうものか」と脳が勝手にバイアスをかけてしまうことがある。

それにレアルカリアならこんな場所に渾天儀を置くイカれた学者がひとりやふたりくらいいても不思議じゃない、と考えるかもしれない。

ダイはそれを利用したのか。

『うおおおおおおおおっ！』

侵入者の背中を蹴り飛ばす！

背後からの一撃――バックスタブを決められた侵入者は大ダメージを受ける！

ＨＰゲージの半分以上が削られた侵入者は驚いたまま前方にローリングして逃げる。

そこへぼくの盾が追撃する。
四角い石で殴られた侵入者は、そのまま膝《ひざ》をつき、チリとなった。

――血の指　Jango_the_stubber が死亡しました

画面中央下に表示されるメッセージ。
『はぁ……はぁ……やったか？』
ダイが尋ねるが、答えは誰の目にも明らかだ。
「やるじゃんダイ。作戦大成功だ」
『…………お、おう』
「よく勝てたな。焦らず攻撃できて、偉いぞ」
『……ああ』
妙だな。
せっかく勝ったのに、元気がない。
『……そっか、こういう戦いもあるんだ』
そう呟《つぶや》くダイの気持ちを、この時のぼくはまだ完全に理解できていなかった。

＊＊＊

今日も退屈な昼下がりの休み時間。

教室の隅でコンビニで買ったパンを食べていると、大きな影が重なってきた。

「なぁユウ……聞いてくれないか」

深刻な顔をして立っているダイ。

「おーい仲下《なかした》！　イス借りるぞー！」

「はいよー」

ぼくの前の席の女子に許可をとってから座る律儀な男だが、ぼくの許可はいいのか。

こっちは優雅なソロランチを堪能《たんのう》しているというのに。

「騙《だま》したな、お前……！」

陽気なダイの口から飛び出たとは思えない呪詛《じゅそ》。

「は？　なにが？」

「……ユウの言った通り、会ってきたよ。アイツと」

「アイツ……」

そういえば昨夜のプレイ中、そんな話をした気がする。

あれはリエーニエ湖でエビから逃げ回っていた時、もっと違う敵と戦ってみたいとダイが言ったのだ。

ここで言う〝違う敵〟とはクマよりも強いエビとかそういう次元の話ではなく、今までのセオリーが通用しないバトルを指す。

だからぼくはそういう敵の居場所を教えたのだが――

「ヴァレーってヤツからもらったよ、〝爛れた血指〟ってのを」

爛れた血指――それはオンラインでの侵入を可能にするアイテム。

他の世界へ入り、そこで冒険する褪せ人を屠《ほふ》るために使用する。

侵入者は褪せ人を倒す以外に目的はない。

倒せばルーンの孤というアイテムと、若干の満足感を手に入れることができる。

ただ、それだけのもの。

「……ヴァレーとお前の言うように、他のプレイヤーと戦う遊び方もあるってのは知ってるよ。だからどんなもんかなー、と思ってオレもやってみた」

「どうだった？」

「……あんまいい気分じゃなかった」

「…………」

「単なる対戦とも違うじゃん。こっちはひとりだけど、相手はふたりか三人で、圧倒的に不利だし」

ゲーム的に考えれば、侵入する側が不利な状況で初めて〝対等〟と呼べる。

そうしなければ侵入し放題となり、初心者の褪せ人が狩りまくられてしまう。

侵入される側にまったくメリットがない上、攻略が阻害されるだけになってしまう。

だから鉤指《かぎゆび》を使って協力者を召喚した状態でないと、侵入者はやってこない。最大ふたりの仲間に守られているからこそ、安全に攻略ができるのだ。

「で、勝ったの？」

「……三回やって、一回だけ勝った。たぶんマグレ」

「すごいじゃん」

「すごくねーよ。あっちが勝手に足踏み外して崖から落ちただけだし」

「それでも勝ちは勝ちだし」

「うーん」

勝ったのに不満そうだ。

「やっぱさぁ、相手のプレイを邪魔してるって気持ちがどうしても拭えないんだよな。あっちは攻略したいわけじゃん」

「まぁね」

「そういう人の邪魔してまで戦うのは……んー……」

「別にいいだろ。侵入者なんてちょっと強い敵キャラみたいなもんだ。攻略の邪魔をするのはモンスターだって同じだし」

「んー……」

「実際、そういうNPCだっていただろ。ヴァレーだって戦わせるの大好きみたいだし。むしろ侵入する側だって楽しまないと。褪せ人を狩る闇の住人って気持ちでさ」

「ああ、ユウはそういうロールプレイで楽しんでるんだな」

「ロール……プレイ？」

そういう風に考えるヤツもいるんだな。

ぼくはずっと対人で戦い続けてきたから、そういう〝覚悟〟ができてしまっている。だけど何も知らない初心者がいきなり侵入者に襲われた場合、なかにはそういう風に感じる者もいるかもしれない。

遊び方が千差万別なら、感じ方も一緒だ。

ダイはそういう風に考えるってだけだ。

「ごめんなダイ。侵入は合わなかったんだな」

牛乳で喉を潤《うるお》すと、ぼくは素直に頭を下げた。

なんとなくダイに対して罪悪感があった。別に悪いことではないのだが、悪いことを勧めてしまったような気分だ。

「いやいや、謝ることなんかないって！」

「でも不快になったんだろ？」

「なったけど、誰のせいでもないっつーか……」

ちょうどその時、チャイムが鳴った。

とりあえずダイは「もう侵入なんてしない！」と言って自分の席に戻ってゆく。

これで話は終わり。

――の、はずだったのだが。

午後の授業を聞き流しながら、ぼくはずっと考えていた。

ダイと、自分のことを。

このモヤモヤした気分はなんだ。

ぼくの好きな侵入対戦をダイが否定したことか。

いいや、そうではない。そうではないが、近いのかもしれない。

ぼくはもともとダイの裏の顔が見たくてエルデンリングを手伝っていた。

誰にでも優しいと思われているヤツが、本当の自分を曝け出して醜く足掻《あが》く姿を見るのが目標だったはずだ。

ダイのようなヤツも、一皮むけばぼくと同じようなダサい人間のはずだ。

明るく楽しく生きている人間を蹴落としたくて仕方がない、掃き溜《はだ》めのような場所で生きるのがお似合いのクズだと――

そう、証明させるのが目的だったのに。

なんで謝ってるんだよ、ぼくは。

ダイにぼくと同じ所まで堕《お》ちて欲しかったんじゃないのか。

だったらもっと侵入の楽しさを布教してどっぷりハマらせるべきだったんじゃないのか。

楽しいぞ、侵入は。

自分が強いと勘違いしてるヤツ、仲間と群れてイキってるヤツ――優位に立っていると思っている連中を自分の力で蹂躙《じゅうりん》できた時、脳汁が溢《あふ》れるんだ。

ただ強いビルドだけじゃ意味がない、状況に合わせるか、自分の得意な状況に持ってくるか、そういう駆け引きは他じゃ味わえない。

そういう風に話題を変えるべきだったんじゃないのか。

なんでぼくは一歩引いてダイに合わせようとしたんだ。

ロールプレイってなんだよ！

ぼくは本気で――

お前らのような人間を狩るために侵入しているんだよ！

これは遊びじゃないんだ！

ゲームそのものは遊戯だが、ぼくは真剣に自分の気持ちを――

…………！

――モヤモヤしたまま、午後の授業が終わる。

「なあユウ！　今日はアルター坑道ってところで――」

「悪いダイ。今夜はぼく、用事がある」

「なんだ、そっか。じゃまたな！」

ぼくの嘘《うそ》を頭から信じて手を振るダイ。

彼の背中を見つめたまま、ぼくは改めて思う。

なんでぼくはアイツとエルデンリングやってるんだろう。

――

導きの地では、あらゆる者が敵となる

僧兵も、魔術師も、古竜の騎士も、黄金の末裔《まつえい》も

覚えておけ。狭間は、褪せ人を歓迎していない

幕間 2

There's the bond
just ahead.

「おまたせいたしました、番号札２１３番、コーヒーと季節のフルーツシェイクサンデーのお客様ー！」

別にぼくに限ったことではないが、帰宅後の楽しみが奪われる時もある。

授業中に課題のプリントがどうしても解けない者は、明日までの宿題。

数学教師にそう言われた時、クラスはまさに希望と絶望で二分された。

もちろん絶望側のぼくは、こうしてファストフード店で問題を解くハメになった。

が、今日のぼくはひと味違う。

エルデンリングだってあらゆる手段を用《もち》いて勝利してきたのだ。

だったらリアルで勝てる手段を用いることだって許されるはず。

「ま、いいけどさ。いつもエルデンリング教えてもらってるし、数学くらい」

「くらい？　数学くらいいっつったか？」

「だってオレ数学できるし」

「なんでだよ、ダイのくせに」

「ダイのくせにってなんだよ」

笑いながらダイは季節のフルーツシェイクサンデーとやらを食べている。

こいつ、普段はバカなくせにテストの成績だけはいいんだよなぁ……。

「で？　プリントのどこがわかんないの？」

「ええと、この問4なんだけど、どの公式にも当てはまらなくて……」

「ああ、これ？　公式わかんないなら四則演算と一次方程式でいけるぞ。すんげー時間かかるけどな」

「マジ？　嘘だろ？　公式ないの？」

「あるけど、まだ習ってないヤツ。多分その問題、一度めんどくさい計算させて苦労を覚えさせてから『実はこんな簡単な公式がありましたー』って説明するやつ」

「嫌らしいな……！　王族の幽鬼くらい嫌らしいな」

「あれも倒す公式あるの？」

「実は回復の祈禱が効く」

「え、マジで？」

そんな話をしながら、プリントの問題を解いていく。

はっきり言ってダイの教え方は下手だ。

だからまずダイに解かせ、その過程を説明してもらう。まずプレイしてもらい、その立ち回りを参考にするようなものだ。

「ふー…………」

コーヒーのおかわりを二回くらいして、ようやく最後の問題に辿《たど》り着《つ》いた。

が、疲れた。

砂糖をたっぷり入れたコーヒーを飲み、目を擦る。

「…………………」

ふと、周囲が気になった。

というか、ぼくが気になる。

「どしたユウ」

「んー」

「なんか嫌そうな顔してるけど」

「ちょっと、ね。なんか今の状況が気に入らない」

「どういう意味だよ？」

「放課後にファストフード店で誰かと勉強なんて、まるで普通の高校生みたいじゃないか」

「はぁ？」

今の今まで気づかなかったが、これはぼくが嫌いな連中のムーブそのままじゃないか。

むしろなんで気づかなかったのか。

ダイと一緒だからか。

こいつに対してまったく気を遣っていない自分がおかしくなる。

「別に……するだろ、誰かと勉強くらい」

「しないよ」

「そ、そうか？」

「する友達がいない。学校に」

「そ、そうだったな……」

本当は今日だってダイになんか頼みたくなかった。

普段はひとりで勉強くらいできるんだ。

ただ数学だけはドツボにハマるとわからなくなる。そうなると気持ちが悪い。

まったく……最悪の日だ。

「つーか別になんだっていいだろ、ファストフードで誰かと勉強くらい」

呆《あき》れたような声を出すダイ。

「はー……やれやれ、これだからハーレム野郎は」

「誰がハーレムだコノヤロウ」

「いいか、ぼくは勉強する時、わざわざこんな安い店は選ばない。静かな喫茶店で勉強するようにしてるんだ。なぜならバカなヤツらがうるさいからだ」

「じゃあそっち行けばよかったじゃん」

「今月は金欠だから……」

勉強を教えてもらう手前、今日はぼくのおごりだ。

コーヒーひとつとっても、ちゃんとした喫茶店だと倍くらい値段が違う。

今度、割り勘の時はダイをそっちに案内するのも――

って、いやいや、何考えてるんだ。

勉強を教えてもらうだけだろうが。

そんなことを考えていると、

「ダッハハハハハハ！　マジかよオイ！　すっげーじゃん！」

三つ隣の席から、野蛮な声が轟《とどろ》く。

おかげでぼくの邪《よこしま》な思考も、さっきまで考えていた数式も全部吹き飛んだ。

「はぁ……だから嫌なんだ」

ダイも本来はあっち側の人間だろう。

いつも休み時間に男子で集まってあんな風に笑っている。

だから、

「……うるせぇなぁ」

ダイがそんな風に言うのが少し意外だった。

「へー、ダイでもあいつらうるさいって思うんだ」

「いつも訊《き》いてる気がするけど、お前オレのことなんだと思ってんだよ」

「あいつらの仲間だろ」

「はぁ⁉」

「だって教室でいつも騒いでるじゃん。男子どもと」

「違っ、あれは……！」

なにか言いたそうにしているダイは、一度言葉を切って自分の中で考える。

ようやく良い言い回しが思いついたのだろう、冷静にこう話した。

「あのなユウ。そういう風に区別するのはお前のクセだろうけど、お前が嫌ってるような連中全員がところかまわずウェーイってやってるわけじゃないぞ？」

「そうなの？」

「そもそもお前の中の定義がおかしいんだよ。明るい暗いなんて、その時の気分次第じゃねーか」

「じゃあ今騒いでるあいつらはなんなんだ？」

「ただのうるさい人間だろ」

……なるほど、ダイの中ではそういう風に定義するのか。

「おい、うるせえぞ。周りのお客さんに迷惑だろうが」

低いが、ここまで聞こえるほどの声が聞こえた。

顔をそちらに向けると、さっき騒いでいた男達の仲間だった。金髪で顔面ピアスだらけのマッチョな男。ぼくでなくても街中で出会ったら逃げるタイプだ。

「あ、悪い。めちゃくちゃビックリしたからよ……」

「まぁ、しょうがねえか。タケシの奴《やつ》、とうとう店持つまでに大きくなったからな……」

「ああ、こんな嬉《うれ》しいこたぁねえよ……！」

さっきまで騒いでいた男達が涙を浮かべてシュンとしている。そんなにタケシとやらのことが嬉しかったのか。

窘《たしな》められて反省するのだから、大声は本意ではなかったようだ。

「……うるさい連中みんなが悪い奴とは限らない、か」

「友達と騒いでる連中全員が悪いわけじゃないだろ。それだったらひとりでインドアな趣味のヤツだって悪い奴いるだろ」

「そりゃあ……そうだなぁ」

言われてみれば暗い人間だって普通に悪いことするな。

コメント欄を荒らしたり、ライブで他の客に迷惑かけたり――

むしろぼくはそんな連中の方が嫌いだったはずだ。

だから学校でもオタク友達はいないし、そう見られないよう日常の所作や清潔感には気をつけている。もっとも持って生まれた顔だけはどうにもならないが。

「はー、なんか身も心も疲れた。なんか買ってくる」

ぼくが席を立つと、

「あ、じゃあポテト買ってポテト！」

「くそっ、おごりだと思って好き放題言いやがって……！」

「ふふん、そいつはどうかな」

ダイがサイフから取り出したのは、ポテト無料クーポン。

「そんなのあるなら、最初から出せよ」

「いやー、おごってもらえるって時に無料クーポン出すのってどうなの？」

「別にいいんじゃないか……？」

妙な気遣いに首をかしげつつ、ぼくは店内カウンターで追加注文をしに行った。

ちょうど期間限定のスイーツを販売していたので、甘い紅茶と一緒に買った。

「おっ、それなに？」

トレイに載った包みに興味を示すダイ。

「期間限定のチョコパイだよ」

「あー、チョコパイか。オレも買おうかな」

「好きにしろよ。でももうおごらないからな」

「ちぇー」

本当はダイには感謝している。

今日こうして数学を教えてもらったのもそうだし、普段のエルデンリングでもそうだ。

こちらも教えているつもりで、逆に色々なものを教わっている。

そういう関係を、普通は〝友達〟と呼ぶのだろう。

「ん……甘っ」

一口食べたチョコパイ、中にチョコクリームがぎっしり詰まっている。

板チョコやチョコアイスと比べて、やたら甘い。

「なんだこの甘さ……」

「甘いモンが欲しいんだろ？　ちょうどいいじゃん」

「いや、そんなレベルじゃないって。死ぬほど甘いんだよ」

くそっ、あっちは塩のかかったポテト食いやがって。

「ダイ、それ一本ちょうだい」

「あっ、おい」

「んー……ポテトの塩加減がちょうどいい」

「なんだよ、じゃあこっちもよこせ」

そう言うと、ダイはポテトを持ってぼくのチョコパイに触れた。

ぼくが一口かじったパイの穴にポテトを入れ、チョコをつけている。

「ちょっと待て、なんだそれ？」

「え？」

チョコまみれのポテトを平然と食べているダイ。

頭の処理が追いつかない。

ポテトに……チョコ？

「ポテトとか唐揚げみたいな揚げ物にチョコって、わりとおいしいぞ？　チョコでコーティングされた柿の種とかもあるだろ？」

「ええ……？　なにその文化」

「いやマジでいけるって！　やってみろって！」

「えぇ～……」

とはいえ、ダイがあんなにおいしそうに食べているのだ。

一本くらいは――

悩んでいるうちに、ダイはもう一本ポテトをパイに突っ込んだ。

そんなにイイのか……？

「うぅ～……」

ゲテモノにチャレンジするつもりで、ぼくもポテトをチョコに浸す。

そこで、ふと気づいた。

ぼくが囓《かじ》ったチョコパイだぞ。

ダイにとっては間接キスってことに――

いや、なるのか？

囓ったパイの中のチョコをディップするのは、どういう判定だ？

「ん…………」

ダメだ、妙な考えでポテトの味がわからなくなった。

少なくともマズくはない……と思う。

というか、塩とチョコ、両方の味が際立って感じる。

「……意外と悪くない。絶賛するほどうまくもないけど」

「そっかー」

「たまになら食べてもいい味、って感じかな。予想よりはるかにイイと思う」

「だろ？　何事もチャレンジだって！」

親指を立てるダイに、ぼくは苦笑する。

こいつのチャレンジ精神はゲーム以外でも発揮されてるんだなぁ。

「なあ、ところでユウ」

「ん？」

「これって――あ、いや、なんでもない」

「なんだよ、はっきり言えよ」

「いや、本当になんでもない――」

ダイの顔が少し赤くなっているように見えるのは、気のせいだろうか。

＊＊＊

今夜もＳＮＳで厄介な相手に絡まれる。

『ユウ！　ユウ！　ちょっとヘルプ！　助けテ！』

「どしたんマイケル」

『倒せないボスがいるんだヨ！』

「嘘つけ」

エルデンリングのすべてを知り尽くしたマイケルに倒せない敵なんていないだろ。

どうせぼくをからかってるに違いない。

『ノンノン、新しい武器が手に馴染《なじ》まなくてネ』

「なんで新しい武器？」

『ユウの話を聞いて、チョット思ったんだヨ。僕もまだ試していない武器や戦法があるんじゃないかってネ』

「ふんふん」

『それでネ、ナイフだけで全ボス倒せないか試してるんだけど』

「ナイフ？」

『スローイングダガー』

「バカじゃないの？」

投擲《とうてき》武器は使うたびに減っていく。

強いことは強いが、使い切ったら終わりだ。

ただのスローイングダガーだけでは足りないだろう。〝骨の毒投げ矢〟や〝腐敗壺《ふはいつぼ》〟を用意すれば……いや、それでも全ボスはどうだろうか……。

『というわけで、ユウも手伝ってくれヨ！』

「ええっ、ぼくに助けを求めるのはアリなの？」

『スローイングダガーという縛りだけだからネ！』

「あ、人数は別にいいんだ……」

そういうことなら協力してやってもいいだろう。

……なんだかんだで、世話になってるし。

それに、面白そうだし。

自分の実力を誇示するための縛りプレイじゃない。

本人以外誰も喜ばない、本物の興味本位の遊びだしな。

ん、待てよ、そういうことなら――

＊＊＊

リエーニエ北部、カーリアの城館。

ここリエーニエ地方を支配する月の女王レナラを頂点としたカーリア王家が築いた城であり、そこに住む者はカーリア騎士をはじめとする忠実な女王の配下――

だったはずなのだが、それ以外にもこの場を守護する者はいる。

エリアボスである親衛騎士ローレッタもそのひとりだ。

彼女は霊体であるため、状態異常が効かない。

そのため骨の毒投げ矢なども効果がないだろう。

『ええと、初めまして……ナイストゥーミーチュー』

『お初にお目にかかる』

ボスエリア前の階段でお辞儀《じぎ》をするダイとマイケル。

『に、日本語うまいっすね』

『勉強したヨ！　アニメとマンガで！』

『お、俺も英語勉強中っす！　サッカーの試合中継とか英語で聞き直したり！』

『ワオ！　イイネ！』

『あの、でも本当にいいんスか？　オレ、エルデンリングめっちゃ初心者で……』

『いいのいいの！　面白ければ！』

マイケルはそう答えているのに、困ったようにぼくを見るダイ。

「マイケルがそう言ってるんだから、いいんだよ」

『けど、オレのせいでやられたら……』

「心配するな。ぼくとお前が即死してもマイケルはやられはしない」

『ナイフがなくなるまで戦うヨ！』

マイケルのアイテムスロットはスローイングダガーでパンパンだろう。ナイフ以外にもククリや投げ矢も持っているという。

ぼくとダイもありったけのナイフを用意した。

これをとにかく投げまくるという、とても頭の悪い作戦である。

『それジャ、レッツゴー！』

黄金の霧を抜けて、ボス部屋に入る。

大理石で作られた円形の床を取り囲む木々の庭園。

かつては騎士や賢者が議会でも開いていたのだろう、円状に並べられたイスを蹴散らして突進してくる巨大な騎馬。

彼女には悪いが、馬も騎士もまとめて〝投げ殺して〟やろう。

『おりゃーっ!』

騎士ローレッタの顔面に突き刺さるスローイングダガー。

ナイフを投げたぼくに馬首を向けると、今度は背中にナイフが刺さる。

『ハッハァー!　無駄無駄無駄無駄ァ!』

なんかのマンガのキャラみたいなことを叫びながらナイフを投げまくるマイケル。

ターゲットがそちらに向いて、魔術のつぶてが彼を襲っても、平然と歩きながら回避しつつナイフ投げをやめない。

『うおおおおっ!』

マイケルを必死に攻撃しているローレッタを差し置いて、ダイも背中にナイフを投げ続ける。

リアルだったら全身が針山みたいになっているだろう。三人で合計百本は投げたんじゃなかろうか。

ローレッタはゲーム序盤のボスということもあり、みるみるうちにHPゲージが減り、やがてゼロになる。

『やった!』

意外とあっさり倒せた。
……と思ったが、マイケルひとりならどうだっただろう。
『んー、勝てたケド、そろそろ厳しいカナ。ダガーの所持数が限界だネ』
『そうなんですか？　けっこうサクサク倒せた気がするんですけど』
ダイがそう思うのはマイケルの回避と投擲が上手《じょうず》だったからだ。
走り回る敵に投擲武器を当て続けるのは難しいんだ。
『スローイングダガー以外だったら、まだイケるかもしれないネー』
『ダガー以外……？』
『よーし、じゃあ次は糞壺だけで倒してみよッカ！』
『く、糞壺⁉』
糞壺とは投擲アイテムのひとつで、投げた敵に毒の蓄積値を与える。
毒投げ矢と似たような効果を持つアイテムだが、威力も蓄積値も段違いだ。
『あっ！』
ダイがなにかを思い出したようだ。
『もしかして、金の排泄物って――』
『イエス！　糞壺の材料だヨ！』
『あれって使い道あったんだ！　すげー！』

『ウンコは最強の武器だヨ！　ハッハーッ！』

子どものようにはしゃぐマイケルとダイ。

こいつら、ウンコネタでここまで打ち解けるのか……！

『よしマイケルさん！　次のボスはウンコ縛りで行きましょう！』

『いいネ！　溶岩土竜をウンコ壺で退治しよッカ！　ユウもそれでいいよネ⁉』

「あー、はいはい、わかったわかった」

エルデンリングってそういうゲームだったか……？

上級者の遊びに嘆息しつつ、たまにはそういうのもいいかと思い直す。

ダイにも良い刺激になるだろう。

「ダイ、あんまりこのオッサンに付き合わない方がいいぞ」

『なんで⁉』

「バカになる」

『本人を前（？）にしてストレートに罵倒しすぎだろ！』

「まぁ、もうバカになってるなら止めはしないけど」

『いやマイケルさんいい人だろ！』

アホに染まってしまわないか心配だ……これでダイが変態プレイに目覚めたら、ぼくまでそれに付き合わなければならなくなる。

ある日突然「裸でボス倒しに行こうぜ！　リアルでも！」とか言い出しかねん。

『そんな心配しなくてもダイジョーブ！　ダイは賢いから染まったりしないヨ！』

なんの根拠もないマイケルの意見。

『ユウもダイのママじゃないんだからさぁ』

「誰がママだおい」

『ああ、君達はステディか！』

「は？」

『ん？』

『あれ？　ユウとダイは付き合ってるんじゃないノ？』

…………!?

あまりに荒唐無稽な言葉が予想外の方向から飛んできた。

『なっ……ち、違いますよ！』

ダイが真っ先に否定する。

『ユウはただの友達です！　エルデンリングを教えてくれる師匠ですって！』

『なんだそうなノ？』

『そうですよ！　そんな、ただ一緒に遊ぶだけで付き合うとか、昔のガキじゃないんだから……』

ぼくが言いたかったことをダイがすべて代弁してくれる。

まぁ、そういうことだ。

一緒に遊ぶだけで付き合っているんなら、ぼくとマイケルなんて夫婦だぞ。

あり得ない。

やめろよ、バカが。

ぼくは今のこの関係が一番いいと思ってるのに——

＊＊＊

「金森《かなもり》さんさぁ、最近なんか五十嵐《いがらし》と仲いいよね」

「そう？」

教師が急激な腹痛を訴え、トイレに駆け込んだせいで一時的に自習になった我がクラス。

数分間だけすべてから解放されたクラスメートが騒いでいる中、ぼくの前の席の仲下《なかした》さんがいきなり振り向いてそう尋ねた。

「そう、って、あんだけいつも休み時間に話してればそう思うって」

「そっか……そうだよなぁ」

仲下さんはいつもニコニコ笑っていて、悪い噂《うわさ》をまるで聞かない。

かといって聖人っぽいエピソードも聞かない、中庸《ちゅうよう》を絵に描《か》いたような人だ。

本人にしてみれば自然体で生きているだけなのだそうだが、それができる人間がこの世にどれほどいるか。

だから今の質問も何も考えずに出てきたものだろう。

「それに、ちょっと変わった？　なんか話しやすくなった気がするよ」

「そう……かな？」

言われたところで、自分の変化なんてわかりっこない。

「前はさぁ、金森さんってどこか話しづらそうにしてたよね」

「ぼく、そんなオーラ出てた？」

「じゃなくて、金森さんの方がさ」

そうか、そういうことか。

近寄りがたいオーラの中にいたぼく自身が……ぼくが他人に近づけなかったんだ。

それがアイツのせいで――

「アイツと会話することが増えたから、会話自体に抵抗がなくなった……気がする」

前は、こんなんじゃなかった。

失敗したらどうしようとか、相手を傷つけたらどうしようとか、そんなことばかり考えていたら、話しかけるのが億劫《おっくう》になっていった。

そういう気遣いをまったくしなくて良い相手が、ダイだったんだ。

「で、五十嵐と金森さん、いつもなんの話してんの？」

「ああ、同じゲームやってるから。その内容で」

「ゲームかぁ。それなんてゲーム？」

「エルデンリング」

「あ、それなんかＴＬ《タイムライン》でよく流れてくるヤツだ。ゲーマーの芸能人やスポーツ選手がよくやってるヤツ。面白いの？」

「ぼくは面白い……と思う」

「ふーん」

「まるっきり興味ないだろ」

「まぁねー。だって私ゲームしないし。スマホのゲームもしないもん」

正直な子だ。

ゲーマーなら誰でも知っているタイトルだが、むしろゲームをやらない人でも知っているレベルの知名度であることを喜ぶべきかもしれない。

「五十嵐もさ、ホントいろんなことに首突っ込むよね。興味があるものはかたっぱしから遊ぼうとするの。まるで小学生男子みたい」

「わかる」

「金森さんもさぁ、イヤだったら素直に言いなよ？」

「え？」

「どうせ五十嵐の気まぐれに付き合わされてるんでしょ？　アイツいつもあんなんだから」

「……別に、イヤじゃないよ」

「そうなの？」

イヤではないし、むしろ楽しい。

だけど仲下さんの言葉で、少しモヤモヤが晴れた気がする。

「そうだよな、アイツはエルデンリングやるだけの仲だもんな。クリアしたり飽きたらぼくとの関係も終わり、ってわけだ」

「そうなの？　どっか外で遊んだりしないの？」

「しないね」

事実がわかれば、苦笑しか出ない。

そうだ、この関係がずっと続くわけじゃない。

アイツはぼくと遊びたかったわけじゃない。エルデンリングを遊びたかったんだ。

エルデンリングだけがぼく達を繋《つな》いでいる。

ゲームが終われば、世界も終わる。

そういう間柄だ。

「あのさ、仲下さん」

「ん、なに？」

「ダイ……五十嵐ってさ、そういう感じにいろんな子に声かけたりするの？」

「ナンパってこと？　ああ、そういうんじゃないよ。ただ勘違いする女子がたまーにいるんだよね。そういう子も五十嵐が他の人と遊んでるの見ると諦めるみたいだけど」

「ああ、違う、そうじゃなくて――」

「ん、違うの？」

「ぼくは別に勘違いしてるわけじゃなくて……その、いろんな子とどんな遊び方してるのか気になったって言うか……」

「あれ、もしかして金森さん、勘違いしちゃったクチ？」

「ち、違う、違うって！」

咄嗟《とっさ》に否定の言葉が出るが、はたしてそうだろうか。

ぼくは――勘違いしていたのか？

「ぼくみたいな陰気なぼっちがなにを勘違いするっていうんだ。アイツとは住む世界が違うって、最初からわかってるし」

「そう？　金森さん別に陰気でもないっしょ」

「え？」

——なにを言ってるんだこのニコニコ顔は。

「誰がニコニコ顔だ」

「あれ、ごめん、思ったことが口から出てた」

「褒め言葉か悪口なのかわかんないけどさ」

「どっちでもないよ。それより、なんでぼくが……」

「だって金森さん、ちゃんと友達いるでしょ。校内じゃなくて外に。本当にぼっちってわけでもないじゃん」

「そりゃ……いるけど」

そう言われて最初に思い出したのがマイケルなのが腹立つ。

どこまで人の中に入り込んでくるんだ。

とはいえ、仲下さんの言ってることは間違っていない。

学校ではひとりぼっちだが、友人がいないわけではない。マイケルの他にもゲーム仲間はいるし、配信の視聴者だっている。

「私もさー、学校じゃ友達いっぱいってわけじゃないけど、ラップ仲間はたくさんいるし」

「仲下さんラップなんてやってるんだ……」

「だから金森さんもそこまで卑下することないと思うよ。調子に乗るのもアレだけど」

「調子には……乗らない。いつも気をつけてる」

ぼくが一番嫌いなのは調子に乗ってるオタクだ。

客観的に見て、あれほど邪悪な存在はいない。

しかし主観的に見たら自分がそれに片足を突っ込んでいる。

だから努めて自制しているが――

ゲームの中でイキリオタクを狩り続けるぼくは、もう足を引き抜くことができない段階まで浸かっているだろう。

けど――

自分が努めてそうなろうと振る舞っているなら。

ぼくは、なんのために……？

＊＊＊

「えーと、今日の配信もいつも通り侵入プレイやっていきたいと思いまーす」


待ってました！

最初の犠牲者はどんなヤツだ？

また侵入かよつまんねえ

がんばれー！

「………………」

アイテム欄を開き、いつものように血の指を選択する。
まるでルーティンワークのように決められた動作。
今日も誰かの世界に侵入して、対人戦を――

「………………」

決定ボタンを押そうとする指が止まり、そのまま動かない。

どしたの？
黙っちゃった
あれ？　接続おかしい？

流れるコメントは見ているが、反応できない。
「あー…………ごめん。今日はちょっと配信やめとく」

えっ!?

どしたの？
なんだよ急に
なになに？

「ごめんね、みんなおやすみ」

配信ソフトの停止ボタンではなく、ＰＣそのものを強制終了して、そのままぼくはベッドに倒れ込んだ。

配信チャンネル自体は続いているだろうが、どうせぼくはいない。配信予定時間が過ぎたら自動的に配信も終わるだろう。

なにかを考えるつもりだったが、たくさんの情報が交錯してひとつもまとまらない。

やがて意識がシャットダウンする寸前、脳裏に見えたのは、残念そうなダイの顔だけだった。

なんだ、どうしたんだ？
今日なんか様子ヘンじゃなかった？
中の人、今日リアルでなんかあったのかな？

ていうかさ、今日に限らず最近おかしくね？
わかる……
なんか明るくなった？
喋《しゃべ》り方もハキハキしてたよね？
いいの、それ？
いいのかな……？
だって、違うじゃん、それ
だよな
違うよな……

＊＊＊

『闇の使者さま、突然のＤＭ失礼いたします。いつも闇の配信、楽しみにしております。ですが最近、配信の頻度が下がっているように感じます。リアルが忙しいのであれば幸いですが、何か困ったことがありましたらいつでもご相談ください。我々闇の使徒はいつでも使者さまのことを応援しております』

なんだこれ。

ぼくのＳＮＳに直接届いたダイレクトメッセージ。

確かにぼくは闇の使者として配信をしているが――

このメッセージが届いたＳＮＳは、それとはまったく関係ないプライベートなアカウントなんだが。

おかしいな、どっかで漏らしたか？

それともぼくがアカウントを間違えたのか？

こっちが配信用のＳＮＳだったか……あれ？

『よう！　今日は攻略の続きやろうぜ！　ローデイル全部クリアするぞ！』

自分のアカウントを調べている最中に、ダイからメッセージが届いた。

あいつ、ぼくの気も知らないで……。

こっちは色々と悩んだのに、あっちはいつものようにお気楽に話しかけてきやがる。

「今ちょっと忙し――」

断ろうと思って、やめた。

あっちが普段通りにしているなら、ぼくだって。

＊＊＊

王都ローデイル。

黄金樹の膝元であるそのレガシーダンジョンは、栄華を極めた文明と、それが崩壊した痕跡《こんせき》が残されている。

かつて世界を混迷の渦に巻き込んだ破砕戦争によって、そこに住む者は死体とそれを生む者だけになった。城壁に突き刺さった竜の死体、砂に埋まった住宅街、それらをすべて優しく包み込む黄金樹、その恩恵から隠れ続ける闇――

美しく輝く滅びの街。

まさしくこの狭間の地の中心地であり、世界を象徴する場所と言えよう。

『よーし、やるぞ！』

「………おう」

今日も変わらずダイはぴょんぴょん跳ねている。

ボイスチャットから聞こえる彼の声もいつも通り。

だからぼくもそれに負けないように声をあげ――ようとして、失敗した。

呼び出されたのは、王都ローデイル、女王の閨。

　この先に忌み王モーゴットが待ち構えている、最後の休憩所。

　閨というだけあって、巨大なベッドが置かれている。部屋の隅には本が散らばっており、この部屋の持ち主がどれだけくつろいでいたのか推察できる。

『どした、ユウ？　元気ないな』

「別に……いつもどおりだよ」

『疲れてた？　悪いな、無理させちゃって』

「いや、それは」

『けど、この先のモーゴットはユウとふたりで倒したくってな』

「……ぼくと？」

『あー……その……』

　ボイスチャットからダイの呻《うめ》く声が聞こえる。

『こないだマイケルさんに言われた時さぁ、オレすげぇイヤだったんだよ』

「なにが？」

『ホラ、オレとお前が付き合ってるとかさぁ』

「⁉」

『別にいいじゃんか。性別とか関係なく、フツーに遊ぶ関係なんてあるじゃん。なのにそうやって茶化されると、そういう関係が壊れちゃいそうでさ』

「…………」

『お前は平然としてるけど、オレだって考えてるんだぜ？』

「平然としてるように見えるか、ぼくが」

なんだ。

ダイも意識してたんじゃないか。

『今日だって、メッセージ送るのすげぇ悩んだんだよ』

「へぇ。ダイでも悩むんだ」

『あったり前だろ⁉　オレだって多感な男子高校生だぞ！』

「……そういやそうだったな」

そういえばダイはよく女子にモテると聞くが、特定の彼女がいるという話はまったく聞かなかった。

一緒に遊んでいるのは主に男子だし、女子と遊びに行く時も男女入り交じった集団行動だ。

コイツ、本当にモテてるのか……？

『……まぁ、何が言いたいかっつーと』

咳払《せきばら》いをして、ダイははっきりこう告げる。

『オレは、お前と、エルデンリングをするのが楽しい。そういう関係がいい』

「……ぼくも、同じ」

返事をした途端、体温が上がるのを感じた。

恥ずかしい。

けど、きっとダイも同じくらい体温が上がっているはず。

ぼくにはそれがわかる。

『あー、よかった！　これでもうユウとエルデンリングできなくなったらどうしようかと思ったよ！』

「いやもう必要ないだろ、ぼく。お前ひとりでクリアまで行けるだろ」

『だーかーらー、そうじゃないんだって！』

「なんだお前、ぼくがいないと何もできない甘ったれか？」

『そうだよ！』

「……!?」

『まだオレ、いろんなボスにボコボコにされるし！　なんなら雑魚《ざこ》にもボコボコにされるし！　ユウがいなかったらもっと死んでたぞ！』

「いや、まぁ、そういうゲームだし……」

『というわけで、次もボコボコにされると思う！　だからユウの協力が必要なんだよ！』

「……ったく」

苦笑しか出ない。

こいつもこいつで、悩んでるんだなぁ。

愛の告白より数億倍ダサい、未熟者の告白。

けど、おかげでぼくもやる気が出てきた。

『よーし、そんじゃとりあえずモーゴットにボコボコにされに行くか』

「おう！」

長い階段を上り、王が待つ広場へと辿り着く。

そこに待ち受ける忌み王モーゴット。

奇《く》しくも彼の姿は、ダイが最初に助けを求めてきたマルギットとよく似た姿をしていた。


――――

『突然のDM失礼いたします。今日も闇の使者様の配信がありませんでしたね。もし夜に配信するのが忙しいのであれば、朝もしくは昼に配信してみてはいかがでしょうか。私はあなたがいつライブ配信しても即座に観ることが可能です。これを機に一考していただけると私の中の闇も抑えられます。私の暗く醜い部分を理解してくださるのは闇の使者様だけだと信じております。次の配信もがんばってください。失礼いたします』

『突然のDM失礼いたします。四日連続で配信がありませんでしたが、お身体《からだ》の調子でも悪くされているのでしょうか。もし全身の疲労、もしくは喉の疲労でしたら、○○製薬の[redacted]がオススメです。最寄《もよ》りの××駅構内にある薬局で販売しておりますので、登下校の際に購入してみてはいかがでしょうか。私は闇の使者様の健康を第一に考えております。どうかご自愛くださいませ――』

4

遊びに火がつく

There's the bond just ahead.

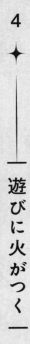

…………よし。

だいぶ気持ちも落ち着いてきた。
ぼくは大丈夫、いつものようにゲームができる。
ダイとの関係なんて知ったことじゃない。
ぼくはぼくだ。別に変わる必要なんてないんだ。
自分のスタイルのまま、ダイとも遊ぶし配信だってする。
もちろんイキったヤツらを狩るのは楽しいからやめるつもりはない。
全部いつもどおり。
それでいい。
あー、ゴホン。

待たせたな、闇の信徒ども。
しばらく配信の間隔が空いてしまったが、ぼくは大丈夫だ。

おおー！　闇の使者さま！
待ってました！
大丈夫？　また配信切ったりしない？
キター（・∀・）ーーー！！！

あー、問題ないよ。
ちょっと身の回りが忙しくなっただけで、事件があったわけでもないよ。
ただ単純に忙しかったからさぁ。

よかったー。
じゃあまたリア充どもをブッ殺せるんですね！
キター（・∀・）ーー！！！
なにもなくてほっとしてます
待ってたよ！　体調大丈夫？
心配かけてごめんね。
別に体調が悪くなったわけでも――

——そういえば。

こないだぼくのアカウントに届いた謎のメッセージ。

長文だったから読み飛ばしてたけど、あれは誰からのだ？

ダイと遊ぶのに夢中で確認してなかった。

ぼくの配信の視聴者だろうけど、あれは……なんだったんだろう。

確認するまで配信を再開しない方がよかったんじゃないか？

けど、配信しないことを心配するようなメッセージだったし。

え、いいのか、これ？

本当にこれ続けていいのか？

あれ？　声聞こえない

闇の使者さま？

また体調不良？

ああー、ごほん。

いや、なんでもないよ。

さ、今日もリア充をやっちゃうぞー！
今日はどこで侵入しようかな。
あ、そうだ、今日は蝿《はえ》たかりメインでやってみようかなって。
前にくらってムカついたから、やり返してやろうかと思ってるんだー。

——他世界に侵入しています
——他世界に侵入しています
——他世界に侵入しています
——他世界に侵入しています

うーん、今日はなかなかマッチングしないな。
もうちょっと待ってて。
繋《つな》がるまでどこかで狩りでもしてようかな。

マッチング遅いねー
今日は人少ないいんじゃね？

雑談配信してよ
闇の使者様のこと聞きたい！
普段なにしてんのー

え、雑談配信？
そんなのしたことないじゃん。
ていうか、みんなそんなの気になるわけ？

リアルだとJK？　JC？
どこ住んでるの？

え、ちょっと待って。
なにこれ。
ぼく、そういうんじゃ――

――侵入者として、他世界に侵入します
――侵入者として、他世界に侵入します

他世界に侵入しました

ああ、よかった、繋がった。
じゃあいつもの配信やっていくねー！

——なんだろう。
視聴者のコメントが気になる。
リアル情報を聞き出そうとするヤツは今までもいたけど、気にしていなかった。
どうせこんな木《こ》っ端《ぱ》配信者のリアル情報なんて聞いたらガッカリさせるだけだし。
むしろリアルで会ったら幻滅させるような外見だろう、ぼくは。
なのに今日はそれがやけにチクチクと刺さる。
あのメッセージをもらってからだ。

『突然のDM失礼いたします。四日連続で配信がありませんでしたが、お身体《からだ》の調子でも悪くされているのでしょうか』

待てよ。

よく思い出してみろ。

あの時はいろいろあってスルーしていたけど——

『もし全身の疲労、もしくは喉の疲労でしたら、○○製薬の■■■■がオススメです。最寄《もよ》りの××駅構内にある薬局で販売しておりますので、登下校の際に購入してみてはいかがでしょうか——』


なんなんだこの文面。

なんでぼくの——

「っ!?」

しまった、考え事している間に侵入していた。

すでに鉤指の主は目の前におり、ぼくを敵だと認識している。

ローディング画面にも気づかないほど、頭の中がいっぱいだった。

褪せ人とその協力者たちは三方向からぼくを取り囲み、ボコボコに殴ろうと武器を振りかぶる。

思考などしていなかった。

すでにぼくの指は自動的に戦技を繰り出している。
その場から消失した――かのように見える移動。
〝猟犬のステップ〟という戦技で一瞬の離脱を試みる。
三人から大きく距離を離したぼくの頭は、すでに戦闘モードに切り替わっていた。
ここから――

♪♪♪♪♪♪♪♪

なんだよ！
心も喉も同じ言葉を叫んでいた。
なんでこんな時にスマホが鳴るんだよ！
ああもう、普段は配信の時はマナーモードにしているってのに！
『もしもし、ユウ⁉　ちょっと手伝って欲しいんだけど！』
ああああああ、拒否しようとしたのに、指が着信のボタンを押してる！
すぐに切らないと！
「ごめん！」
一応謝って、ぼくはダイからの着信を切る。

ええと、なにをしているんだっけ!?

輝石が光る音――――！

魔術が発動する前に、猟犬のステップで魔術師に肉薄する。

そしてショーテルを抜き放ち、魔術師を斬りつける。大ダメージを与えはしたが、死には至らない。だけどそれでいい。

狙いはダメージではなく、魔術の発動阻止。

どんな魔術が来るかわからないが、こんな近距離で出そうとするなら〝アデューラの月の剣〟あたりか。

なら、さらに密着して――いや、他の連中がどんな攻撃をするのかわからない。

そもそもぼくは彼らの攻撃方法を知らない。

協力者の姿は黄金に輝いているため、細かい装備まではわからない。

だがどんな種類の武器を持っているかくらい、遠くからでも判別できる。

けど、ぼくは見ていなかった。

他のことに気を取られすぎて――

「くっ!?」

ほぼノーモーションで繰り出される一撃。

短剣による小さなダメージがぼくの身体を怯《ひる》ませる。

攻撃によって怯むか否かは「強靭度《きょうじんど》」というパラメータに左右されるが、ぼくは攻撃重視の装備にしていたため、強靭度はかなり低い。

だからこんな短剣の一撃でも――

「わあああっ！」

短剣で怯んだところに、別方向からの巨大剣の一撃。

斬るというより叩《たた》き潰《つぶ》すと表現した方が適切な重い攻撃がぼくのＨＰを完全に削り取ってしまった。

呻《うめ》き声《ごえ》をあげてチリになるぼくの身体。

褪せ人たちはそんなぼくに気にせず、ただ去っていくのみ。

おいおい、あっさりやられたなー
ダッサｗｗｗｗｗ
蝿はどうしたんだよ、蝿は
なんか調子悪い？

いまのは……うー、言い訳もできない。

最初から最後までぼくのミスだった。

もうちょっとしっかり敵を見ていれば勝てた戦いだった。
なのに失敗した。

最近、使者様弱くね？　腕落ちた？
落ちてないだろ、バカか？
煽《あお》るだけなら帰って
でも明らかに勝率下がってるし
だからなんだよ荒らすんじゃねぇ

あ、ああー、お前らケンカはやめろって。
勝てなかったのは事実なんだから。
次は勝つから、見ててくれよ。
大丈夫、すぐに取り戻すさ。

いつも通り――
そう、いつも通りやればいいんだ。
だから――

ところでさっきの電話の声、誰？

……えっ？

声？
そんなの聞こえた？
さっきの電話？
待って、何の話？

声、その、あれは、ええと、

さっきの電話の声、男の人だったよね？

あ、ああ、うん、そう。
ていうか、その、マイケルだよ。
いつも音声通話してるし、この配信にも時々出てるじゃん。

なんだマイケルか
やっぱり
キタ━（・∀・）━！！！！

そう、そうだよ！
だから別に気にすることなんてないの。

だったらなんで隠そうとしたの？

いや、別に隠すつもりなんて——

明らかに慌ててなかった？

そ、そんなことない。
勝手に変な想像を膨《ふく》らませるなっての。

その通り
反論せずー（・∀・）ー！！！！
なんで電話ひとつでそんな妄想膨らませてんだよ
アホらし

でも最近、闇の使者様は変わった気がする

気がするってだけだろ
変わってないよ、闇の使者様は
なんでそういう言い方しかできないわけ？
お前らやめろって

……本当にアホらしい。

ぼくの配信にいつも来てくれる視聴者なんて、せいぜい十人。多くて二十人くらいだ。

だから彼らのことも友達のようなものだと思っているし、彼らを楽しませようと頑張っているところもある。

よく有名配信者に彼氏疑惑が生まれたからネットで大騒ぎになったりするだろう。

あれは配信者がアイドル並に有名だから起きる事件だ。

登録者数がそのまま騒動の大きさに比例する。

だからぼくのチャンネルで今起きている騒ぎなんて、ただの言い争いの延長――

だというのに、なんだかイラッとする。

ああ、そうか。

自分のチャンネルで悶着《もんちゃく》が起きれば誰だってイヤな気持ちになるか。

それは有名だろうが無名だろうが変わらない。

いつも通りの配信にしようと思ったのに、どうしてこうなっちゃったのか。

なんだか今日は疲れたなあ。

＊＊＊

『おう、ユウ！　待ってたぜ！』

「ったく、なんだってんだよ」

狭間の地の東部、巨人たちの山嶺――

真っ白な雪と氷で覆われたその地域にぼく達のキャラが立つ。

『悪い悪い！　なんか用事だったか？　こんな時間に？』

「ああ、いや、なんでもない。もう終わったし」

ダイにはいまだにぼくの別の顔を教えていない。

たまにゲーム配信している、と言うのは簡単だけど、なにかがぼくのことを押しとどめている。別に言ったところで関係に変わりはない……はずなのに。

まあいい。

配信のことは忘れよう。

ダイと楽しく遊んでスッキリ眠ればイライラも収まるさ。

「で、今日はどこを攻略するんだ？」

『おう、この北にあるでっかい城なんだけど――』

「ああ、わかった。あれは――」

突如、悪い予感がした。

リアル、あるいはマンガなら〝殺気〟のようなもの。

それはハードディスクが小さく鳴った音か、あるいはほんのわずかなローディングによる違和感のようなもの。でなければぼくの気のせいかもしれない。

だが、その予感は当たった。

――血の指 DARK_fanatic に侵入されました！

侵入者！

こんなに早く⁉

『おいユウ！　どうする⁉』

「どうするって、やるしかないだろ！」

侵入者の出現によって輝きを失った祝福。

その左右は岸壁で挟まれており、逃げ場は少ない。

せいぜい岩の陰にコソコソ隠れるくらいだ。

そして侵入者はその時間すら与えてくれない。

『来たぞ！』

そいつは正面から堂々と走ってきた。

赤黒く光る肉体が纏《まと》っているのは、特に目立った装備ではない。

武器も――あれは刀か。屍山血河という強力な刀。強力故《ゆえ》にポピュラーであり、言ってしまえばこれも目立つ装備ではない。

警戒すべき点は特にない、搦《から》め手《て》を使ってくる気配もない。

『いくぞユウ！』

「おうっ！」

ダイと同時に走り出す。
お互い左右に分かれて侵入者を挟み込む。
この連携攻撃も慣れてきた。
ぼくがまず魔術で牽制《けんせい》し、敵がローリングで避けたところにダイが斬りかかる。
今回もそのやり方は覿面《てきめん》に刺さったようだ。
侵入者はダイの攻撃で怯み、続いてぼくの攻撃で絶命した。
向こうは攻撃らしい攻撃もできないまま、膝《ひざ》をついて消滅する。

――血の指 DARK_fanatic が死亡しました

『よし！』
ダイが喜んだのも束《つか》の間《ま》、

――血の指 DARK_warrior_ZZZ に侵入されました！

『はぁ⁉』
侵入者を倒してから、わずか三〇秒。

また侵入されるなんて。
『なんなんだよ今日は……』
ダイがぼやきながら、また侵入者を待つ。
そいつはまたさっきと同じように正面からやってきた。
装備は平凡。さっきと同じように——
待て。
なんでさっきと同じなんだ。
侵入したのは別の人間じゃないのか？
でも、名前に「DARK」とかついてる。
前とは別人だけど、なんでダークなんて単語が同じなんだ？
同一人物の別アカウント？
だとしたら、なんで？
なんで「DARK」——

——待たせたな。今日も闇の使者の配信を——

「…………うそ……」

『ユウ？』

「……え、うそ、だって」

可能性だ。

あくまでぼくの邪推《じゃすい》に過《す》ぎない。

でも、もしも。

同じ人物がぼくを狙って侵入したとしたら。

常識的に考えれば、できるはずがない。

侵入はランダムマッチングだ。

だけど、ぼくがどのへんで遊んでいるか知っていれば、そのエリアで執拗《しつよう》に侵入を試みれば。

あるいはすべてのエリアで侵入して、ぼくを探し続ければ——

できるはずがない。

そんなことができるなら、有名配信者やインフルエンサーに粘着する厄介プレイヤーが続出して問題になるはずだ。

偶然に決まってる。

でも、万が一——そんなことをするヤツがいるとしたら。

『どうしたユウ⁉』

「……な、なんでもない」

――血の指 DARK_warrior_ZZZ が元の世界に帰りました

気がつくと、侵入者は消えていた。

HPがゼロになったのではなく、自らこの世界を去っていった。

とすると、戦うのが目的ではないのか。

だったら目的は――

『……なあユウ、いまのヤツって』

「…………」

『ユウ?』

「…………あ、うん」

『どうしたんだよ、おかしいぞ?』

「おかしい……うん、そうだな、ごめん」

『おい、本当にヘンだぞ? 今日は寝た方がよくないか?』

「だ、だね。うん、ごめん。そうするよ」

簡単な挨拶《あいさつ》をして、ぼくはログアウトした。

そうするのが精一杯で、しばらくエルデンリングのタイトル画面を眺めることしかできなかった。

荘厳な音楽が流れる部屋の中、ぼくはひとりで今夜の出来事をずっと思い返す。

――気のせいだ。

そんなはずはない。

そう言い聞かせているはずなのに、身体の底から震えが止まらなかった。

＊＊＊

『先日の配信、おつかれさまでした。いつも通り、と仰《おっしゃ》っていましたが、まだ声から精彩が欠けているように感じました。まだ身の回りの問題が解決なされていないのでは？　▲▲高校は校内の問題も少ない学校だと聞きますが、人間関係でお悩みであれば、良いメンタルクリニックを紹介しますので――』

メッセージは相変わらず届いている。

……返信はしていない。

怖いから。

なんでこいつ、ぼくの通ってる学校まで知ってるんだ。

ぼくの身近にいる人間なのか？

それともぼくの身近にまで迫っているだけの、知らない人なのか？

こういう時、探偵なら推理が冴《さ》え渡《わた》ってあっという間に解決してしまうのだろう。

ゲームの主人公なら自ら出向いて力業で解決するだろう。

青春マンガなら、友人に助けを求める展開だろう。

あるいは恋愛マンガなら、恋人に助けを求める場面なのだろう——

でも、ぼくはそういう主人公じゃない。

助けを求める相手も、勇気もない。


怖い。


怖いけど、どうにかしないと。

考えるんだ。ぼくができるのはそれしかない。

ひとつだけわかっている事実。

メッセージを送っているのは、ぼくの配信の視聴者。

ぼくみたいな底辺配信者のチャンネルを登録してくれる変な人間は、せいぜい百人にも満たない。

それに、登録者のほとんどが冷やかしだ。ぼくの配信を毎回熱心に見てくれる常連さんなんて、その五分の一以下――

それでも二十人、か。

絞れたのはいいけど、ぼくはそいつらの住所も名前も知らない。テキトーなハンドルネームでコメントしてくれるだけの存在。

けど、もしそいつらのひとりがぼくの近くにいるとしたら。

いるとしたら……。

ぼくはどうすればいいんだろう。

そもそもぼくを追い回して、犯人の何が満たされるっていうんだ。

ぼくは優れた頭脳も整った容姿も強力なカリスマも持っていない、ただの高校生。

この世で一番ダサい、暗くてカッコ悪い人間だ。

そんなヤツにつきまとってなんになる？

他人に迷惑をかけないと自分の存在をアピールできない、腐った性格なのか？

「あ……」

――なんだ、ぼくと同じじゃないか。

仲間と一緒に楽しんでいる褪せ人を狩る侵入者。

その目的は嫌がらせ。

協力者と戦っている褪せ人を群れてないとなにもできないチキンだと勝手に断定して、邪魔をする。

得られるのは自分のささやかな快楽だけ。

そこに対戦ゲームの喜びはない。

ただの暗い自己満足。

〝そいつ〟は今、同じようにぼくの世界に侵入しようとしている――

「…………‼」

呼吸が乱れる。

苦しい。

「ねえ、ちょっと金森《かなもり》さん⁉　どうしたの⁉」

声をかけたのは、前の席に座る仲下《なかした》さん。

「だ……！」

大丈夫、と返事をしようとして、息が詰まった。

なんだよ、まるで大丈夫じゃないみたいじゃないか。

ぼくなら平気――

「え、ちょっと顔真っ青なんだけど！　先生！　金森さんがヤバい！」

「え、おお、どうした金森⁉　吐きそうか⁉」

「おい金森、保健室行くか⁉」

教室内がざわめく。

みんながぼくを心配そうな目で見ている。

「五十嵐《いがらし》、あんた保健室連れてってやんな！」

「え、あ、おう！」

キビキビと命令する仲下さんに、思わず席を立つダイ。

「そういや五十嵐、最近金森さんと仲いいよな……」

誰かがボソッと呟《つぶや》く。

オタクの小島《こじま》だ。

ゲームとアニメの趣味はぼくと似通っているが、いかんせん知識マウントを取るのが好きなようで、ぼくが嫌いな人種だ。

「おう！　仲いいぜ！」

「つ、付き合ってんの？」

「はぁ？」

こんな時にこんなことを訊《き》ける小島のメンタル。

平常時だったらぼくの方がブチキレていたかもしれない。

「何言ってんだよ。お前、オレとＦＰＳで遊んでるだろ。だったらオレとお前は付き合ってるってことになるのか?」

「え、いや、それは……」

「つーかオレじゃなくてユウの心配をしろよ。こんなに苦しそうなんだからさ」

そう言いつつ、ダイはぼくに近づき、肩を貸してくれる。

「そーだよ小島おめぇホントーに空気読めねーな!」

ギャルっぽい女子たちが小島のイスを軽く蹴る。

「バーカ! 謝れ! 金森に!」

「わ、悪かったよ! ごめん金森」

それで素直に謝る小島も小島だ。

「よし、保健室行くぞユウ」

「………うん」

背負われるでもなく、お姫様抱っこでもない。

並んで肩を組んで教室を出るぼくら。

まるで戦友のようだ。

＊＊＊

授業中の、誰もいない廊下。

ぼくとダイだけが歩く、静かな空間。

ロッカーからはみでた誰かのジャージや、無造作《むぞうさ》に捨てられた消しゴムの箱。整頓されているようで、雑多な場所。

まるで敵を全滅させた後の地下墓のようだ。

ゲームの中では、いつもダイとこうやって探索していたっけ。

「へへへ……」

「何笑ってんだよ、体調悪いんじゃないのか」

肩を貸してくれるダイが困ったような声をあげる。

「頭がガンガンする」

「マジで大丈夫か？　保健室行ったらとりあえず寝ろよ」

「あー、祝福みたいに触るだけで全快するモンがあったらなー……」

「褪せ人しか使えないだろ。死ぬほど辛いぞ」

「あはは……たしかに」

バカ話をしていると、少しだけ頭痛が薄れていく。

気持ちがマイナスからゼロに戻っていく程度だが。

「ん、もういい、ありがと」

ぼくはダイの肩から離れる。

「もうひとりで保健室行けるから」

「そうか？」

「うん、助かっ――」

礼を言って少しだけ頭を下げたら、その重みで立っていられなくなった。

一瞬だけブラックアウトしそうになり、足を踏み出して耐える。

「大丈夫じゃないじゃん！」

再び肩を貸してくれるダイ。

「いいから、離れろって。そんなにぼくに密着したいのか？」

「は？」

「やめろよ……もう、いいから。ぼくみたいな変な女に構ってると、変な噂立《うわさた》てられても文句言えないぞ？」

「なに言ってんだオイ」

ダイがぼくの身体を引き寄せる。

「関係ないだろ、そんなこと。男だとか女だとか。オレとお前はエルデンリングを一緒にやる仲間だって、言っただろ！」

「……………」

わかってる。

だからこそ、ぼくみたいなヤツと一緒にいて欲しくない。

こんな……ちょっと楽しかったくらいで、昔の自分を否定するようなヤツを。

ダイは……そうなってほしくない。

けど――

「それに、別にオレはユウのこと変だなんて思ってないぞ。むしろかわいくて愛嬌《あいきょう》が――」

「やめろぉっ！」

身体と言葉が先に動いた。

ダイを突き飛ばし、反動でぼくも後ろに倒れる。

「やめろ…………今は、今だけはそんなこと言うなっ！」

「ユウ……？」

「やめろよ……」

なんで、今なんだよ。

バカ野郎……！

一番言われたくないことを。

一番言われたくない人に。

一番言われたくないタイミングで。

妙《みょう》な存在につきまとわれている今じゃなかったら、もっと素直に、いや、もっと冗談めかしてスルーできたのに。

なんで、今……！

「な、なんかわかんないけど……その、傷つけたなら、ごめん」

「……いや、ぼくも、ごめん」

＊＊＊

保健室に連れてもらったあと、ダイはすぐに教室に戻った。

どうしようもない寂しさがあったが、今ぼくのそばにいて欲しいのはダイではない。

むしろダイだけは遠ざけたかった。

それからしばらく保健室のベッドで寝た。

なにも考えないようにしているうち、放課後になるまで眠ってしまった。

「めっちゃいびきかいて気持ち良さそうに寝てたわね」

目覚めた後、保健の先生に笑われるほどに。

「一応訊くけど、あなたちゃんと寝てる？」

そう尋ねられると、否定のしようがない。

「高校生は元気だからつい夜更かししちゃうけれど、だからといってノーダメージってわけじゃないからね？　ちゃんと肉体や脳も疲れてるんだから」

「ええと、はい、おっしゃるとおりで」

そこはもう素直に謝るしかなかった。

「眠れないんじゃなくて、寝てないのよね？」

「……はあ、つい最近までは」

「てことは、今は違う？」

保健の先生は職務上、ぼくの健康を気遣う必要がある。

だからメンタルの悩みがあれば、相談しろと暗に言っているのだろう。

「う……ううーん…………」

その心遣いはありがたいが、果たして今の状況をどう説明していいものか。

ぼくの個人情報を知っている人がいます、と言うのもヘンだ。もしもあのメッセージの主がぼくと同じ学校に通っている者なら、知ってて当然だから。

けど、そうじゃないと思う。

文体が同級生っぽくないんだよなぁ。

「暴力とかいじめとか、そういう感じじゃなさそうね」

「そうなんです。まだうまく言葉にできなくて」

「そういう時は、一番話を理解してくれる人に相談した方がいいわよ。自分の言葉をうまくまとめてくれる人。ただ話を聞いてくれる他人でもいいけど。もちろん私でもいいけど」

「話を聞いてくれる人……」

真っ先に思い浮かんだダイの顔を振り払う。

ダイにだけは……言えない。

言いたくない。

巻き込みたくない。

「……ありがとう、ございます」

保険医に礼を言って、ぼくは机の上のカバンを手に取る。

ん、カバン？

「あ、そのカバン、クラスの子が届けてくれたのよ」

「男子ですか？」

「ううん、女子。名前までは聞かなかったけど、何人かで」

……みんな、いいヤツだな。

ちょっと前までなら、そんなこと思わなかったな。

群れないと何もできない、いつも脳天気でゲラゲラ笑っている中身のない人間だと思っていた連中――

そんな人達は、ぼくみたいな奴《やつ》でも心配してくれるんだ。
……カバン、ダイが持ってきてくれると思ったんだけどな。

＊＊＊

――ぼくが動画配信をやろうと思ったきっかけは〝面白そう〟だけではなかった。
興味の他にも〝ぼくでもやれるかも〟という後ろ向きな自信があったことは否めない。
声だけなら、ゲームの配信だけなら――
ぼくの姿を見られずに済むから。
ぼくの姿に幻滅されないから。
ここでなら、ぼく如きでも輝けそうだと思ったから。
なのに侵入者は、見てほしくないぼくを見ようとする。
声だけでいいじゃないか。
プレイ配信だけでいいじゃないか。
なんで見られたくない裏側を見ようとするんだ。
だから、ダイに容姿のことを言われた時、本当に怖かった。
褒め言葉でもそうでなくとも、ダイにどう思われているか知りたくなかったんだ。

やめてくれ。

これ以上、ぼくを暴かないでくれ。

ぼくの醜い部分を見ようとしないでくれ——

＊＊＊

『……よお、やろうぜ』

あんなことがあったというのに、今夜もダイは誘ってくる。

見ないようにしていたスマホのメッセージには、ダイ以外の謎の差出人が一覧を埋め尽くしている。

『こんな時に、よく誘えるな』

『ゲームしてれば気も晴れるかと思って』

ぼくがフラついた原因が、ただの体調不良じゃないってわかってるんだな。

その上で、あえて誘うか。

いいよ、わかったよ、乗ってやるよ。

ぼくも何かしていないと気分が沈みそうだったから。

＊＊＊

巨人たちの山嶺、最奥前――

雪と氷のエリアを抜けると、徐々に古代の戦争の爪痕《つめあと》が姿を見せてくる。

巨大な槍《やり》、巨大な剣、巨大な死体――

かつてここで戦っていた巨人達の亡骸《なきがら》と、いまだ残っている巨人の子孫がうろついており、彼らの意識はまだ戦争を求めている。

凍えるような寒さと、煉獄《れんごく》のような闘争心が入り交じるそのエリアを抜けると、ボスである火の巨人が待ち構えている。

『ありがとな、ユウ』

「なにが」

『調子悪いのに付き合ってくれたろ』

「いいよ、別に」

ここまで来れば、ダイも初心者とは呼べない。

移動、攻撃、回避、アイテム、それらの使い方も堂に入っている。

本来なら、もうぼくの手助けなんて必要ないんだ。

むしろあらゆる戦法を模索しているぶん、ダイの方がぼくよりも強いかもしれない。

それが、少し嬉《うれ》しい。

ぼくと一緒に戦ってきた軌跡は、無駄じゃなかったから。

『あの奥に見えるでっかいのは？』

「巨人の火の釜。イベントの場所だよ」

メリナが連れていって欲しいと頼んだ場所。

球場くらい大きな釜は、その名のとおり巨大な火種を孕《はら》んでいる。

『この先のボスを倒せば、そこまで行ける。もう少しだぞ』

「ああ、わかった。気合い入れて――」


――血の指 xxx_panther_xxxiに侵入されました！


『マジかよ、こんなところで⁉』

「…………」

名前を確認する。

前のようにDARKとはついていない。

きっと関係ない……。

関係ない、はず。

だけど、もしかしたら。

いや、ありえない。

ダイの世界に狙って入ることなんて。

無理なんだ、絶対に。

『おいユウ、やるぞ！』

「…………………」

偶然だ。

この場所は広いエリアだから、何者にも邪魔されずに侵入対戦ができる。

ただそれだけ。

きっとあの侵入者も、対戦を楽しみたいどこかの誰かだ。

そうに決まってる――

「…………………」

侵入者は動かないぼく達の周囲を歩く。

こちらが動かないから、なにか策を講じているのかと警戒している。

だからぼくはまっすぐ走り、侵入者に斬りかかった。

まさか正面から堂々と来るとは思わなかったのだろう、ぼくの曲刀《きょくとう》の一撃を相手はまったく避けられずに喰《く》らった。

ここでようやく反撃に移る侵入者だが、ぼくの曲刀の二撃目の方が早い。

二発の攻撃を受けた侵入者のＨＰは残り僅か。

『危《あぶ》ねえっ！』

ダイが正しかった。

ぼくの追撃よりも早く、侵入者はローリングでわずかに距離を取る。

こちらの曲刀がわずかに届かず、相手の槍がわずかに届く間合い。

「っ⁉」

もしもぼくが追撃していたら、空振りしていた。

ガラ空きになったところに相手の槍が刺さっていただろう。

ダイの声が届かなかったら――

敵が持つヴァイクの戦槍――発狂の状態異常を蓄積する武器。獣《けもの》や死体や霊体は狂わないから、褪せ人との戦闘を想定した槍だ。

相手は対人慣れしていると思っていいだろう。

ぼくは素早く距離をとり、仕切り直す。

侵入者も後ろに下がり、緋雫の聖杯瓶を飲んで体力回復する。

「…………」

こいつはどんな気持ちでこの世界に侵入したのだろう。

ただの遊びか、それとも薄暗い欲望を満たしたいのか。

ぼくのように──

『いくぞユウ！　いつものアレだ！』

「あ、ああ」

こいつはどうしてエルデンリングをやっているんだろう。

ぼくはどうしてエルデンリングを。

欲望を満たすためか。

それとも、ダイと遊びたかったのか。

『おりゃあっ！』

ぼくに向かって走り出す侵入者。

ダッシュの勢いを殺さず、まっすぐに槍を突く。そのモーションの速さは見てから避けられない。

咄嗟《とっさ》にガードしたが、発狂の蓄積値が溜《た》まっていく。

もう一度、いや二度は耐えられる。

だが、黙ってやられるわけにはいかない。

突き出す槍に合わせてローリングで回避し、攻撃するとみせかけてフェイントで身体を揺らすと、まんまとひっかかった。なにもされていないのにローリングする侵入者。転がり始めは無敵時間があるが、その後はスキだらけだ。

「ふっ！」

ぼくの曲刀がガラ空きの侵入者の肩を斬りつける。

そこへ背後をとったダイのバックスタブが入る。致命の一撃によって膝をつかされた侵入者の背骨を折る、巨大剣の一撃。

『よっしゃ！　倒した！』

ぴょんぴょん跳ねて喜ぶダイ。

コイツはいつもそうだったなぁ。

始めた初期から、嬉しい時はいつもぴょんぴょん跳ねてた。

喜ぶジェスチャーも教えたのに、いつも嬉しい時はウサギのように跳んでる。

そんなダイを見ているのが、好きだったんだ。

ぼくが強くしたんじゃない。

ぼくと一緒に冒険したことで、楽しみながら強くなれた。

だとしたら、ぼくは彼に最高のエルデンリング体験をあげられたんじゃないかと思う。

絶望してほしいと思った。

ぼくと同じ気持ちを味わって欲しいと思った。

でも、今は——

ダイに少しでも悲しんで欲しくない。

エルデンリングというゲームは素晴らしい。

ずっと、ダイにそう思っていて欲しい。

「ダイ」

ぼくが呼ぶと、彼は振り返る。

『ん？　どうしたユウ』

与えたのは、ぼくだけではない。

ダイがぼくにくれたものも、たくさんあった。

一緒に遊んでいると、世界にどんどん色がついていくようだった。

「ごめん。もうダイと一緒に冒険できない」

『え？』

明るいとか暗いとか、男とか女とか、そんなの関係なく、ぼくをひとりの友人として扱ってくれたことが嬉しかったんだ。

だから——

「ありがとう。ぼくをここまで連れてきてくれて」

それだけ言うと、ぼくはアイテムを取り出す。

〝指切り〟――

鉤指と繋がった縁を断ち切るもの。

ぼくの姿はダイの世界から消失する。

そうして――ぼくはゲーム機の電源を落とした。

5

燃える世界

There's the bond just ahead.

『また配信が止まりましたね。▲▲高校ではもうすぐテスト期間なので、勉強が忙しいのでしょうか。闇の使者様のリアル事情が一番ですが、たまにはその愛らしいお声を聞かせていただければ、信徒は安心できます。どうか少しだけでも顕現なさっていただけないでしょうか――』


連日来る謎のメッセージに、スマホから顔を上げる。

だが、電車内では誰とも目が合わない。みんな自分のスマホか本か、あるいはドア上の広告用モニターに釘付《くぎづ》けだ。

おそらくこのメッセージを送った者も近くにはいないだろう。

ぼくの世界に、何者かが侵入している。

そう考えただけで身震いする。

名前も顔も知らない人間とランダムマッチングさせられる恐怖。

褪せ人はいつもこんな気持ちでいたのか。なんという胆力。

ぼくだったら怖くて――

怖くて、電源を切ってしまいそうだ。

謎の侵入者の言う通り、今はテスト期間。

授業はなく、テストだけ受けて帰れるので気楽といえば気楽だ。

誰とも会話せずに一日過ごすことだってできる。

「なあ、ユウ――」

わずかな休み時間でダイが話しかけてくる。

「あのさ、昨日の――」

「悪いな、テストに集中したいんだ」

「……そうか、そりゃしょうがない――なんて言うとでも思うか⁉」

ぼくの机に手を置き、ダイが顔を寄せる。

「なんだよこないだのアレ！　もうオレとは一緒にできないって、どういうことだよ！」

「言葉通りの意味だよ。もうダイとは終わりだ」

「だからなんで⁉」

さらにダイが顔を寄せる。鼻がくっつきそうなくらい近い。

ぼくは目を細め、ダイにこう言った。

「お前に付き合っても楽しくないからだ」

「オレの腕が……テクニックが不満ってことか⁉」

「そうだよ、だからもうぼくに関《かか》わらないでくれ」

「ひとりじゃ楽しくねーんだよ！」

「だったらぼく以外にもいるだろう、相手が。お前だったらすぐに見つかる」

「嫌だ！　オレはユウと一緒がいいんだ！」

「…………！」


視線を感じ、ダイから目をそらす。

クラス中がこちらを見ていた。

そりゃあんだけ大きな声を出せば――いや待て。

「ダイ、待て、ちょっと待ってくれ」

「なんだよ！」

「なんか周りから誤解されてる気がする」

「誤解？　なにを誤解するんだよ、オレはお前――」

そこでダイも気づいたのだろう、顔を真《ま》っ赤《か》にして振り返る。

「金森《かなもり》さん……やっぱり」

「おい五十嵐《いがらし》、いくらなんでもテスト直前に……情熱的すぎるだろ」

クラスの全員が絶句している。

「違う！　違うんだってば！」

慌てて否定するダイを置いて、ぼくは席を立つ。

ここはあいつに任せて、チャイムが鳴るまで避難させてもらおう。

「…………」

喧騒《けんそう》を尻目に、ぼくは廊下を歩く。

クラスのみんなに誤解されたのも、いいきっかけだろう。

ダイもこんなぼくと遊ぶリスクをよく理解できたはずだ。

それでいい。

ダイは巻き込めない。巻き込みたくない。

これはぼくのトラブルだ。さらに言うならぼくが招いた災厄でもある。

今まで〝闇の使者〟として配信をして、褪せ人を狩りまくり、居場所のないヤツらの味方だと吹聴《ふいちょう》して煽《あお》り続《つづ》けたぼくに対する、当然の報いなのだ。

そんな愚かなぼくのゴタゴタに、ダイまで付き合わせたくない。


ダイが、好きだ。

この気持ちが友情なのか恋愛なのかわからないし、知ったことじゃない。

だからダイに不快な気持ちになって欲しくない。

迷惑をかけたくない、という気持ちもある。

だけど本音を言えば、ぼくの中の汚い部分を見られたくない。

そう思えるほど、好きになってしまったんだ。

ダイを守るために、ぼくは場所を移す。

侵入者を遠ざけるために、ダイやエルデンリングから離れればいい。

どうせ侵入者だって、ぼくがエルデンリングに興味がなくなったと知れば、すぐに諦めて他の対象に興味を移すだろう。

＊＊＊

世界が、燃えてゆく——


配信まだー?

もう闇の使者辞めちゃうんですかー?

草ー(・∀・)ー!!!!

彼氏とイチャイチャする方がいいってか?

信じてたのに
俺らの味方だと思っていたのに！
出てこいよ
なにが闇の使者だよ厨二《ちゆうに》くせえ

配信ページのコメント欄は、罵詈雑言《ばりぞうごん》で埋め尽くされている。

数日前までぼくのことを応援していた奴《やつ》らが、手のひらを返したように。

ぼくだってそういう奴らの心理は知っている。本気で拠《よ》り所《どころ》を失って自暴自棄《じぼうじき》になった人の書き込みと、それに便乗して自暴自棄になったフリをしている連中。

ムカつくことはムカつくが、そこまで激しい感情は湧かない。

考えてみれば、最初からこうなることは決まっていたんだ。

あの日、ダイの世界に侵入した時から。

ダイの攻略に手を貸した時から。

ダイと遊ぶエルデンリングが楽しいと思った時から。

もうぼくは闇の使者じゃない。

ただの――金森ユウというちっぽけな人間なんだ。

『おいユウ！　無視するな！　なんか言えよ！　ちゃんと説明しろ！』

まだブロックできない、ダイのアドレス。

『オレが下手だからか⁉　そりゃお前はオレの師匠なんだから、下手で当たり前だろうが！』

ああ、ぼくは今、本当に面倒くさいヤツなんだろう。

せめて事情を話せば納得してもらえるかもしれない。

だけど、そうなったら自分の醜い部分も曝《さら》け出《だ》すことになる。

表面だけ嫌われるのはいいが、内面は嫌われたくない――

そう考えると、本当に面倒くさいヤツだな、ぼく。

『おい、せめてなんか言え！　ユウ‼』

ぼくは返信をせず、スマホをベッドに放り投げる。

そしてぼく自身もベッドに倒れ込む。

「はぁ…………」

世界を燃やし、自分も灰になったメリナ。

彼女の気持ちがなんとなくわかる。

スッキリするが、同時にひどく空《むな》しい。

このままぼくも燃え尽きてしまおうかと思った、その時だった。

『ヘイ、ユウ！　どったノ？　話聞くヨ？』

褪せ人にとって、侵入者は脅威になるとは限らない。

時々、どうしようもない笑いを提供してくれることだってあるんだ。

＊＊＊

正直、マイケルのことはすっかり忘れていた。

なにかと気にかけてくれる友人ではあるが、実際に会ったこともないし、なにより生活のすべてが謎だ。

気のいいオッサンという情報しかないのだが、今はそれが逆にありがたかった。

今ぼくを取り巻いている問題において、まったく無関係だと確信できる。

だからぼくはマイケルに包み隠さず話した。

妙《みょう》なメッセージが来ること。配信で炎上していること。

そして、ダイが好きなこと――

『フーム、なるほど、大体わかった』

「わかるの？」

『イヤ今のはアニメのセリフを言ってみたダケ。一度言いたかったんだヨ』

「このオッサンは……！」

『デモ、チョットわかったこともあるヨ』

「本当？」

『最初に、配信が炎上したのはショーガナイよ。みんなユウのToxicを楽しみにしていたんだもの』

Toxicというのは、暴言を意味するスラングだ。

〝毒舌〟という単語は海外でも通用するらしい。

『毒入りの言葉を期待してる人が、毒抜きを出されたら怒るヨ。欲しいものが出てこなかったら、みんな怒る。世界共通だよ』

「それで暴言コメントを書くのも？」

『イエース。不満は本人にぶつけるのも当然サ』

それはそうかもしれない。

配信者はキャラを作る。生身の配信者もVTuberも同じ。

そのキャラが崩れたら嫌だ。心配したり怒ったり悲しんだり、必ず負の感情が出てくるものだ。

「つまり……ぼくの配信者としてのミス、ってことだね」

『ウン。それでユウはどうする？』

「……わからない。演技してまで続けたいとは思わない」

もう、以前のぼくには戻れない。

ダイと一緒に遊んだせいで、闇の中から引きずり出されてしまった気がする。

だけど、そこにもう一度帰りたいかと言うと——

『ア、それとね、その、ユウにメッセージを送ってるヒト？　アレも元はといえばユウの責任だヨ？』

「……そうかも。ぼくのキャラが崩壊したことに怒ってるんだ」

ぼくの世界の侵入者。

闇の使者を待っているというメッセージと共に、ぼくの個人情報を明かしてくる謎の人物。

あれは「どこからでもお前を見ている」と言いたいのか。

実際に付近を探してみようとはしたものの、それらしい人影は見つからない。プロの探偵でもないし、当然といえば当然か。

マンガみたいに殺気とか気配を感じ取ることができるわけでもないし、一般人がストーカーの存在に気づくのって案外難しい。

『いやいや違う違う、そうじゃない。アレはユウのミスだよ。個人情報を知らないヒトに教えちゃダメダメダメ』

「は？　ぼくが教えた？　なんだよそれ」

てことはソイツはぼくが知っている人物？

いやでも、だったらメッセージで嫌がらせする意味がわからない。

『言った言った。例えば家から一番近い駅のこと、ダークソウル3の配信してる時に話してたもん。「今日は駅前で花火大会やってるんだー」とか言ってたヨ』

「えっ⁉」

『他にもSEKIROでゲンイチローと戦いながら「今日学校の近くで交通事故があって、救急車がたくさん来た」とかネ。そういう細かい情報を拾っていけば、ユウの住んでる場所くらい特定できちゃうヨ』

「あ……！」

心当たりは、ない。

本当に何気ない配信の中でポロッと言ってしまったのだろう。

むしろよくマイケルは覚えていたもんだ。

「うあああ～………気をつけていたはずだったのに」

『最近のストーカーは賢いヨ。ちょっとした情報からすぐに真実をたぐり寄せる。ユウもそのくらい知ってるヨネ？』

「じゃあ侵入者はぼくの近くにいるとは限らない……遠くの県からメッセージを送ってるかも、ってことか」

『ハッハー！　侵入者！　血の指か！　面白い表現！』

「笑ってる場合じゃないよ。個人情報握られてるのは変わらないんだし」

『けど、近くに来て何かするわけでもないなら、脅威は下がるダロ？』

確かに、かなり気が楽になった。

侵入者が実際に侵入しているのは、ぼくの情報だけだ。

いわばぼくが残したサインを読んでいるだけで、実際に侵入しているわけではない。

実害がないのだとしたら、相手はただ個人情報をひけらかして遊んでいるだけ。だったら警察に相談することだってできる。なにしろ直接被害がないのだから。

『危ない可能性は下がるけど、ゼロじゃないからネ。気をつけるのは同じ、イイネ？』

「う、うん」

『それができなければ、配信はダメ。ノー。やっちゃいけない。イイネ？』

「……うん」

努めて優しく説得しているが、マイケルが怒っているのがわかる。

ぼくを心配してくれているんだ。

「ありがとうマイケル。あんたに相談して良かった」

『ナンデもっと早く言わなかったノ⁉』

「だってそんなうさんくさいオッサンに相談したいと思わないだろ！　しかもアメリカ在住なのに日本のストーカー被害とか詳しいと思わないじゃん！」

『だからソーユーのは万国共通なんだってバ。もし日本特有のアレやコレだったら、僕もアドバイスできなかったかもよ』

「そっか……」

すべて自分が蒔《ま》いた種だが、刈り取ることはできそうだ。

だけど、そうしてすべて解決したからといって、ぼくの気持ちは晴れない。

こういうことが起きた以上、もうダイとは遊べない。

それが、一番悲しい。

『それからダイのことだけどね、ユウ』

見透かしたかのように話すマイケル。

『それはユウというより、ユウとダイの問題だヨ』

「………」

『ただ、僕が知る限り、ダイはグッドガイだ』

「それは、ぼくも知ってる」

『だからダイはそろそろアクションを起こすんじゃないかな』

「え？」

スマホが小さく鳴る。

画面に映る小さなバナーに、たった一言、こう書いてあった。

――お前に果たし合いを申し込む！

「は？」

＊＊＊

リムグレイブ西部、関門前の廃墟――

エルデンリング最序盤に訪れる祝福。

ストームヴィル兵の駐屯地であるその場所から橋方面に向かえばケイリッド、嵐の関門をくぐればストームヴィル城まで辿《たど》り着《つ》ける、最初の分岐点。

同時に主人公である褪せ人を導くメリナと初めて出会う場所。

そして――ぼくとダイが最初に出会った場所だ。

崩れた建物の裏手にひっそりと書いてあるサイン。

ダイが〝闘士の鉤指〟を使って記した挑戦状だ。

『お前が何考えてんのか、何しようとしてんのか、全然わかんねえ！』

『オレが下手だから⁉　冗談じゃねーぞ！』

『オレは下手じゃない！　もうお前よりずっと強くなってんだ！』

『それを証明するために、オレと勝負しろ！』

『勝ったらオレの言うこと聞いてもらうからな！』

『逃げるなよ！　オレにビビってないならな！』

――スルーしようと思ったが、最後のメッセージにカチンときた。

サインの前に立つ。

通常、対戦マルチプレイ――侵入は褪せ人が協力者を召喚していないとできない。

だがこの〝闘士の鉤指〟によって書かれたサインはそれを可能にする。

このサインそのものが「誰でも相手になるからかかってこい」という挑発を意味しているのだ。

いつも使っている合言葉なら、他のプレイヤーにサインを見られることもない。

ぼくとダイだけの、いつもの合言葉。

そしていつものようにボイスチャットアプリを起動し、いつものようにダイを呼び出す。

もはや見なくてもできるくらいに慣れた行為。

サインに触れ、ダイに召喚されて画面が切り替わる。

『よう』

そのわずかな時間に、ダイと通話が繋《つな》がった。

「……うん」

いつもの挨拶《あいさつ》だけど、懐かしい。

「ダイ。ぼくを挑発した意味、わかってるんだろうな。ボコボコにしてやるからな」

『ふん、オレにやられても泣くんじゃねーぞ』

「あとからナシって言っても聞かないからな。こっちは証人だっているんだ」

『証人？』

「この戦い、世界中に配信してる」

『は⁉』

ぼくの視界には、エルデンリングのゲーム画面を映すモニターと、配信用の小さなモニターがある。

いつものようにモニターの隅には視聴者からのコメントでいっぱいだ。

え、決闘⁉
いつもの侵入は⁉
ｷﾀｰ（・∀・）ー！！！！
闇の使者、まだやってたんだ
ていうか相手誰よ⁉

コメントの内容は気にしない。
というか、この配信を観《み》てくれていれば、それでいい。
こいつらがぼくとダイの決闘を見届ける審判だ。
『くっ……ユウお前、なんで配信なんて……！』
「ビビッてるのか？　負ける姿を見られたくないか？」
『は⁉　んなわけねーだろ！　上等だよ！』
世界が切り替わる。
初めて出会った関門前の廃墟。
そこにダイは――
いない。
「どこにいる、ダイ」
『探してみろよ』
正面から正々堂々、そんな戦い方はもうしない。
瓦礫《がれき》や馬車、天幕といった隠れる場所が豊富なエリアなら、隠れるに決まってる。
ぼくが教えた――いいや、ぼくとの冒険でダイが学んだことだ。
『どうした？　背中を斬られるのが怖いか？』
「ふん」

ぼくは廃墟を歩く。
あちらから姿を見せることはないだろう。
だけど、いつでもぼくに斬りかかることが可能な場所にいる。
つまり、見えないけれど近くにいる。
だったら――
「どこだオラァッ！」
輝石が音を立てると、小さな杖《つえ》から巨大なエネルギーの塊が放出された。
力をそのまま凝縮したような骨太の魔術、〝ハイマの砲丸〟。
その塊は放物線を描いて飛んでいき、着弾地点で爆発する。
たとえ障害物に隠れていたって、その爆風からは逃れられない！
――だが、ダイは静かだ。
瓦礫に砲丸があたっても、呻《うめ》き声《ごえ》ひとつしない。
「出てこい！」
まるで悪役のように魔力の塊をそこかしこに放り投げる。
ダイに当たっていないのだとしたら、隠れ場所の候補が絞られる。
このまま砲丸をぶっ放し続ければ、いずれヤツの居場所に――
――待てよ、本当にそうか？

もしもダイが瓦礫に隠れていなかったら？
卑怯《ひきょう》な手はたくさん教えた。隠れ方だってひとつじゃない。
もしこれだけ隠れ場所があるなら――
「⁉」
遅れた。
ぼくが反応するより早く、ダイはぼくの背中に密着する。
『くらえっ！』
ダイの巨大剣がぼくの腰を強打した！
膝《ひざ》をついたぼくの後頭部にトドメの一撃！
ぐったりとしながら地面に倒れ伏すが、まだＨＰがほんの少しだけ残っている。
「あぶなっ！」
ローリングでその場を離れ、すぐに緋雫の聖杯瓶で回復する。
やられた。
ダイは隠れてなんかいなかった。
〝擬態のヴェール〟でなにかに化けていたんだ。きっとそのへんの瓦礫や木に。
それも教えたのはぼくだ。
「楽しいかよ、そんな卑怯な手で……！」

『ああ、楽しいよ！　相手の裏をかくのは戦術の基本だもんな！』

そうだよ、その楽しさを教えたのもぼくだ。

真正面から戦っても意味がない。

あらゆる戦い方を模索して、強敵を打ち破るのがエルデンリングの楽しさだ。

『許さないからな……こんなに楽しいこと教えてくれたのに、何も言わずに終わりとか……そんなの絶対に許さない！』

「ふん……まるで別れた彼氏が未練がましくストーカーになってるみたいだ」

『うるせえ！　彼氏だろうが友達だろうが、事情も言わなかったら、なにかあったのかって心配になるだろ！』

「…………！」

『なにかあったんだろ？　オレのことで悪く言われたのか？』

「違う……！　お前が嫌になっただけ」

『だったらなんで〝ごめん〟とか言うんだよ！』

「え――」

『最後に遊んだ時、そう言ったじゃねーか！　本当はなにかあったんだろ!?　だからオレに悪いと思ったんだろ!?』

「…………」

言ったっけ、そんなこと。

もう覚えてない。ぼくが無意識に発してしまったのかもしれない。

だって……本当はぼくだって――

『答えろユウ！　なにがあった⁉』

「……大半の問題は、もう解決したよ。ぼくを追い回してると思ったストーカーも、本当はネットの中でイキるだけの特定マンだった」

え……ストーカー？
マジかよ、そんなヤツいたのか
だから配信の頻度下がってたんだ
おい誰だよストーカーなんてやってたの⁉

「けど、そんなのはただのきっかけだ。ぼくはもう、ダイとはエルデンリングをやりたくない……！」

『なんでだよ！』

ダイは武器を持ち替えた。

打刀――侍の素性の初期装備。

初めてここで会った時と、まったく同じだ。

あの頃からダイはまっすぐなヤツだった。

勝てないとわかっている相手にも、堂々と立ち向かう。

新しい戦術を覚え、卑怯な戦い方を知ったとしても、ダイの性格が変わったわけではない。

むしろその優しさが際立つくらいだ。

そんなダイと、どうしてもぼくを比べてしまう。

「ぼくは……卑怯なヤツなんだ。知ってるだろ、この後ろ向きな性格。人と話すのだって苦手で、少しでもそれを克服しようと配信を始めて――それが自然にできるヤツがうらやましくて、そういうヤツらに憧れるんじゃなくて、ぼくと同じような闇の中に引きずり込もうとしたんだ。自分が上がるんじゃなくて、相手を低いところまで引きずり降ろすのが――そんなのが楽しいと思ってる暗い女なんだ」

『ユウ……』

「お前と遊んでると、そんな自分が嫌になってくるんだよ！」

ぼくは斬りかかる。

あの頃のダイと同じように、正面からバカ正直に。

『だからなんだってんだよっ！』

ダイはぼくの槍《やり》を盾で防ぐ。

〝ヴァイクの戦槍〟の追加効果で、発狂の属性が蓄積しているはずだ。

『暗いモン抱えてるのなんて、誰だって同じだろ！　オレだってそうだ！』

「え……」

ダイが刀を振り回す。

ぼくがローリングでそれを回避すると、その終わり際のスキを狙って戦技を繰り出してきた。完璧なタイミングで撃ち出される斬撃を、ガードで防ぐ。

『オレだって心の中じゃ色々考えてるよ！　嫌われてやしないかって！　お前に嫌われたくないと思うほど、お前のこと好きだよ！』

「好きって……どういう……」

『知らねえよ！　こうやってバカみてーに話して、バカみてーにゲームで遊ぶのが楽しいって、そういうのをずっと続けたいと思うのが恋愛感情って言うなら、そうなんだろうよ！　違うっていうなら、きっと違うんだろうさ！』

「…………」

『どっちでもいいんだ！　オレは！　お前と遊びたい！　それだけだ！』

「ダイ――」


なあ、実際どうなの？

どうなんだ？　痴話喧嘩《ちわげんか》なのかこれ？
わかんね
でも俺はダイを応援するぜ
闇の使者さま……

『だいたいなぁ！　お前、エルデンリングの上級者みたいな口ぶりだったけど、マイケルにボコボコにされてたじゃねーか！　実はそんなに上手《うま》くないだろ⁉』

「そ……そんなことないっ！　自分で言うのもアレだけど、マイケルが規格外なだけでそれなりにやりこんでるっての！」

『どうだかな！』

ダイがバックステップで下がる。

それを見たぼくが追撃する――と想定しているはずだ。

ぼくはその場で聖印を取り出し、祈禱を唱える。

ダイの頭上から破裂音がすると、その一瞬後に雷が落ちた。

「そっちこそ、自習時間にまでぼくに泣きついてくるなっ！　こっちだって勉強したいってのに、なんでテスト一週間前に神肌の使徒の倒し方なんて訊《き》いてくるんだ！」

『勉強だったらオレが教えてやってんだろうが！　オレがいなかったら赤点だったよなぁ！』

落雷を気にせず、ダイは魔術を唱える。

魔術の剣がぼくに届くギリギリの間合いで横薙《よこな》ぎに振られる。

『配信なんていつの間にやってたんだよ！　いつもそうやって侵入してたのか⁉』

「ああ、そうだよ！　仲間と群れることしかできないリア充どもをブッ殺すと、めちゃくちゃスカッとするんだよ！」

『オレとの戦いも配信してたのか⁉』

「だから今こうやって――」

『そうじゃねえ！』

ダイの戦技をローリングで躱《かわ》すと、すでに彼は眼前まで来ている。

『最初にここで！　オレの世界に侵入した時も！　配信してたのかよ⁉』

「…………⁉」

こいつ――

覚えてたのか。

それに、知ってたのか。

あの日、ここで狩った、上級者に案内されていたホヤホヤの初心者。

『……はは、アーカイブで見直したら笑っちゃうくらい弱いんだろうな。実際、あの時は初心者だったし』

「ご……ごめ…………！」

『でもさぁ！　オレ、強くなっただろ！　強くなったよなぁ⁉』

「…………！」

『でもそれは、復讐《ふくしゅう》のためじゃない！』

「ダイ…………」

『あの日の初心者狩りをブッ殺すためじゃない！　楽しく遊んでたら、自然と強くなっていったんだよ！　お前と！　一緒だったから！』

……なんだよ。

なんなんだよ、こいつ。

普通だったら折れて諦めるようなハードルを、笑って跳び越えていく。

ぼくなんかのために。

『わかってんのか⁉　オレは！　お前が――』

「わかってる！」

ぼくはコントローラーから手を離す。

「……ぼくの、負け」

降参だ。
勝てるわけがない。
どこまでも明るい、太陽のような男に矮小《わいしょう》な闇の住人が勝てると思うのが間違いだ。
ぼくがどんなに暗い場所にいても、ダイはそこから引っ張り出してくれる。
——もう、とっくに引っ張り出されていたんだ。
「え⁉」
ぼくが動かなくなったことに気づかないダイは、そのまま刀を振り下ろす。
すでにＨＰはゼロに近かったぼくは、あっさりと刀を受け入れた。
まるで処刑されたように、ゆっくり膝をつき、倒れる。
そうして、醜い褪せ人は灰になって消えた。

えっ、おわり?
ｷﾀ━(・∀・)━??
決着ついちゃったの?
闇の使者、やられちゃったじゃん
すっげえケンカ

ロード画面が終わり、ぼくは再び自分の世界に戻る。

さっき戦った関門前の廃墟、ダイが残したサインの前。

「うあー……負けた……」

本気で悔しい。

まさか弟子のような存在に超えられるとは。

マンガの師匠キャラは「ほっほっほ、見事じゃ、よくぞワシを倒した」とか余裕ぶってるけど、あれ絶対に内心じゃハラワタ煮えくり返ってるだろ。

少なくともぼくはそうだ。

『どうだっ！　オレの実力、見たかよ⁉』

「くっそー……」

エルデンリングで負けたことが悔しいんじゃない。

ダイの素直な気持ちに対して、ぼくの弱さを実感してしまったのが悔しい。

悔しいけど、心が温かい。

『どうしたユウ、なにか言ってみろ』

「………………だ」

『え？』

「もう一回だ、クソ野郎！」

敗北を認めたのは、ダイのぼくに対する気持ちだ！

けっしてプレイに負けたわけじゃない！

「待ってろよダイ！」

ぼくは再びサインに触れる。

闘士の鉤指は何回だって使える。

「勝つまでやめないからなっ！」

『……はは』

ダイの笑い声。

小さいけど、本当に嬉《うれ》しそうな声。

『いいぜ！　かかってこいよ！』

「よっしゃ！　待ってろ、今サインを読み込んで――」

『あれ？　もう侵入者が来てる』

「へ？」

ぼくはまだ侵入していない。

見れば、足下のサインが消失している。

てことは、誰か別の人間がダイの世界に侵入したのか？

どうせ誰も来ないと思って合言葉を設定してなかったから――

『ハッハーァ！　ヘイ、ガイズ！　楽しそうなコトやってるねー！』

「なんで今ここで来るんだよ⁉」

『ここかぁ！　祭りの場所は！』

「祭りじゃないっつーの！」

やっぱキタ━（・∀・）━！！！
マイケルだ！
最悪のタイミングで乱入してきやがった
いやある意味、最高かも
祭りだー！

「ちょっ、マイケルなにその装備」

『いくよダイ！』

『待って、待って待って！　なにこれ、強い！　めっちゃ強いマイケル！　助けてユウ！　なんだこの攻撃、あ――――――――‼』

ボイスチャットから聞こえてくるダイの断末魔の叫び。

侵入したという報告から、三十秒も経《た》っていない。

『ハッハ――――！　我、強者をノゾム！　かかってコーイ！』

なんでそんなに嬉しそうなんだよ。

ていうかこれ、なんの戦い？

「おいダイ」

『なんだ』

「悔しいか？」

『すっげえ悔しい』

「ならリベンジだ。今度はふたりがかりだ。どんな手を使ってでもマイケルを倒す」

『よっしゃ、サイン書くぞ』

さっきと同じ場所にサインが浮かび上がる。

今度は敵対者としてじゃない、協力を求めるサインだ。

ぼくはいつものようにサインに触れ、いつものようにダイの世界に入る。

黄金に輝くぼくの身体《からだ》と、ごちゃごちゃした装備のダイが並ぶ。

『かかってこい！』

ダイが〝嘲弄者の舌〟を使用する。

『じゃあ、お邪魔しちゃうヨ！　みんなでネ！』

一度にひとりずつという侵入者の人数制限を変更し、複数人での侵入を可能にするアイテム。

これが何を意味するかというと――

『さあ、みんなであのふたりをヤッツケヨ！』

みんなでって、俺達のこと？
いいのか？　侵入できるの？
お、じゃあ俺入るわ
俺もやってやる！
闇の使者さまと戦えるの!?
つーかあのカップル、ラブラブじゃねえか！
これは爆発させないといけませんな

ダイの世界――いや、ぼく達の世界。

そこにマイケルが侵入してくる。

マイケルだけではない、見知らぬＩＤのキャラが入ってくる。

「…………へへ」

楽しそうじゃないか。

「ダイ、ぼくたちの力、思い知らせてやろうぜ」

『ああ、コンビプレイだったらオレたちの方が強い』

「……へへ」

『……ははっ』

まだ戦ってもいないのに、笑いがこみあげてくる。

そうだ、これだよ。

ぼくはダイとこうやって遊ぶのが楽しかったんだ。

さあ、もっと遊ぼう。

エルデンリングで楽しもう。

それが――ぼく達の青春だ。

6

ぼく達の青春

There's the bond just ahead.

崩れゆくファルム・アズラ——

通常と違う時の流れに翻弄された土地。

巨大な竜巻の内部に隠された神殿は、遠い昔の状態のまま、現在も大空で崩れ続けている。

崩壊した瓦礫《がれき》が宙に留《とど》まり続けているため、その上を跳び越えながら攻略する必要があるので、プレイヤーは常に落下の危険性を念頭に置かなければならない。

もちろんエリア内に配置された大小の敵たちが、褪せ人の落下を快く手伝ってくれる。連中の嫌らしい攻撃をかいくぐるのも課題の内だ。

『サァ、ミンナ！　褪せ人に変身ヨ！』

何かのアニメキャラのセリフを叫びながら、マイケルが武器を掲げている。

ここは崩れゆくファルム・アズラの入口付近、〝崩れゆく獣墓〟の祝福から少し進んだ場所。

空中にある神殿だが、ここは地下墓地のように棺が立ち並んでいる。

そのエリアを抜けた先は、神殿の屋根。

建造物を削り取る巨大竜巻を一望できる絶景だ。

他には竜巻に巻き込まれる瓦礫や、倒れた柱、それと巨大なドラゴンなど——

『今度こそ倒すぞ！』
刀を抜いて気合いを入れるダイ。
『やるヨ！』
マイケルも気合い充分。
「……あのさ、別にあのドラゴン、雑魚敵《ざこてき》だからスルーしてもいいんだけど」
画面を埋め尽くすほどの巨大な敵を雑魚と呼んでもいいのかは、この際おいておく。
『いや、倒す！　だってこのドラゴン、なんかいいアイテム落とすんだろ⁉』
『そのトーリ！　男ならやってやれ！　だ！』
なんか意気投合してるけど、大丈夫かな……。
『よーし、行こうぜユウ！』
「はいはい、知らないからな、もう」
そうして三人で屋根へと飛び出す。
小さなマンションくらい大きな影が飛来し、目の前に降り立った。
白い鱗《うろこ》を持つドラゴンは、こちらを見定めると首をもたげ、大きく息を吸い込む。
まるわかりな攻撃のサインだ。
『来るぞ！』
次の行動がわかっているなら、対処すればいい。

言うのは簡単だが……できるかどうかは別だ。

白い竜が吐き出した漆黒《しっこく》のブレスは前方を焼き払う。

前方と一口に言っても、その範囲は三十人くらい同時に丸焼きにできるほどの広さ。わかっていても避けられない。

『ハッハッハァ！　こんなの簡単ヨ！』

流石《さすが》にマイケルは早かった。

ブレスの予備動作を見て、素早く前方へローリングしている。

ドラゴンの足下なら安全だ。そこへ向かって転がって――

『アァァァァァァァァァァ――』

屋根から落ちた。

『マイケェェェェェエル‼』

ダイの絶叫もむなしく、マイケルは落下死した。

こちらの最高戦力があっさりリタイアしたことにより、動揺が走る。

そしてもちろん雑魚ドラゴンは我々に遠慮などしてくれなかった。

二度目のブレスがぼく達をこんがり焼き焦がす。

「ワァァァァァァ！」

ぼくもダイも仲良く焼かれ、そして灰になる。

つえー

やっぱこのドラゴン雑魚じゃねーわ

ｻｽｶﾞー（・∀・）ー！！！！

マイケルに合唱

歌ってどうする

コメント欄もいつものように楽しくチャットしている。

それを眺めている間にロード画面が終わり、元の世界に戻る。

するとダイが再び書いたサインがあるので、ぼくも再びそれに触れる。

次どうする？

ｼﾞｬｱｲｯﾃｸﾙー（・∀・）ー！！！！

えっ!?

お前が行くのか!?

「おー！　よろしくー！」

ダイの世界に再降臨すると、別の協力者がいた。
協力者は無言で一礼し、先ほどのドラゴンがいるエリアを指さした。

ﾖﾛｼｸｰ（・∀・）ｰ!!!
おお、がんばれー！
ドラゴンキラーになってこい！

コメントでの会話が弾んでいる。
まるでどこかのクラスの休み時間のように——

＊＊＊

やっぱ強いな
ダメだったかー
マジ強すぎる
俺、どうやって倒したっけ……

寄せられるコメントは同情ではなく、一緒に悔しがるものばかり。

彼らも協力者となってぼく達と攻略してくれたからだ。

何人もの協力者が集まって、それでも倒せない――雑魚敵。

崩れゆくファルム・アズラの最終地点、その手前の橋。

そこを闊歩《かっぽ》している、最強のツリーガード。

黄金の鎧《よろい》と黄金のハルバードというとんでもない重量を支える、黄金の鎧を着た騎馬。

なにもかもが黄金づくしの彼は、ただのツリーガードではなく、頭に「竜」という冠詞をくっつけている。すなわち先ほど苦戦したドラゴンのブレスと同じような攻撃をしてくる難敵だ。

『竜のツリーガード……ローデイル前にいた奴《やつ》よりずっと強いなぁ』

ぼくとダイは並んで座りこんでいる。

まるで戦いに疲れた戦士のように。

すでに五回は挑戦しているが、結果は惨憺《さんたん》たるもの。

『ユウもあれ倒したんだよな？』

「倒した……けど、強かった」

『アイツさえ倒せればボス部屋までいけるのになぁ』

「倒さなくてもいけるけどな」

『いいや、倒す！　せっかくみんな協力してくれてるんだし！』
ダイがそう決めたのなら、文句は言うまい。
そもそもこれはダイの冒険なのだ。ぼくはただの協力者。
褪せ人が倒せと指示した敵を屠《ほふ》るのが、協力者の仕事だ。
ダイに命令されるのは面白くない――と最初は思っていたが、今は違う。
ぼくはダイのために戦うし、ダイはぼくのために戦う。
鉤指の契約者として、そしてダイの友として戦うのは楽しい。
『よし、もう一回！』
立ち上がるダイ。
彼がそう決めたなら、ぼくも戦おう。
「あれ？」
また、ダイの世界に協力者が召喚される。
マイケルではない。さっきまで戦ってくれた視聴者でもない。
見覚えのない名前だが――
『…………………』
ランダムマッチングで協力してくれる野良《のら》の協力者だろうか。
巡礼者のような白いローブを着たその協力者は、無言で一礼する。

そして歩き出すダイの隣に並び立った。

ぼくも彼らと一緒に歩き出し、竜のツリーガードが待つ橋へ続く階段を上る。

『行くぞ！』

三人で突撃すると、竜のツリーガードも待ってましたとばかりに向かってくる。

巨大なハルバードを振り回し、騎馬で踏《ふ》み潰《つぶ》し、スキの少ない突き攻撃を交えて襯せ人に襲いかかる。

だが、ここまでは序盤からいるツリーガードと同じ。

ＨＰが一定まで減ると竜の力を解放し、雷を操るようになる。

振り下ろすハルバードから弾け飛ぶ雷、武器を掲げると落ちてくる雷、そして自身の周囲に撒《ま》き散《ち》らす雷。

どれも必殺級の威力を持つ攻撃ばかりだ。

『おおおおおおっ！』

竜には竜で対抗する。

ぼくの頭上に浮かび上がる竜の首が腐敗ブレスを吐く。一回だけだと腐敗状態にならないので、二、三回続ける。

ブレスは黒い煙のように視界を遮《さえぎ》るので、仲間に迷惑がかかることもある。

しかしダイはぼくのタイミングを理解し、素早く攻撃から離脱する。

そしてもうひとりの協力者は――

「あっ⁉」

ブレスで隠されているツリーガードへ突進していった。

やばい、と思ったが、すでに遅かった。

ツリーガードのハルバードが彼に向かって振り下ろされる。

が、見えていないはずの攻撃を、彼はパリィで弾いた。

騎馬が膝《ひざ》をついた瞬間を狙って、彼の追撃が叩《たた》き込《こ》まれる。

「すっげぇ……！」

パリィは敵の攻撃に合わせて絶妙なタイミングで発動させなければならない。

ブレスで見えていない状況で受け流したということは、音だけで判断したのか。

よほどエルデンリングをやりこんでいないとできない技術だ。

「ぼく達も続くぞ！」

『おうっ！』

すでに竜のツリーガードのＨＰはわずか。

あと一撃か二撃で倒せる。

この状態が一番危ない。油断した末にやられるパターンだ。

だが、少しだけぼくの気は緩んでいた。

名も知らない彼の強さを見たからだ。
攻撃をパリィされて怒ったのか、再びツリーガードは協力者の彼を攻撃する。
大振りの一撃をローリングでかわすと、彼の短剣が騎馬に刺さった。
それで、おしまい。
あまりにもあっけなく竜のツリーガードは倒れた。
『あ、ありがとう……』
ダイが礼をすると、協力者の彼も一礼した。
そして、ツリーガードが守っていた門を指さす。
あそこへ行け、ということなのか。
「本当にありがとう！　助かった！」
ぼくがそう言うと、彼はなにも反応しなかった。
そして〝指切り〟を使用すると、ダイの世界から退出していく。
――露払いはやった、あとは君たち次第だ。
そう言っているかのようだった。
「……行こう、ダイ。もうすぐエリアボスだ」
『うん』
崩れゆくファルム・アズラの主《あるじ》、獣の司祭が待つ部屋。

そこへ向けて、ぼく達は再び歩き出す――

＊＊＊

その日の配信後、メッセージが届いた。


『今まで、すみませんでした』

『闇の使者様が変わってしまったことで、見捨てられたような気がしていたのです』

『だけど――みんなとやるエルデンリング、楽しかった』

『本当に、楽しかったです』

『警察や弁護士に訴えても、甘んじて受け入れます。ご迷惑をおかけして、本当に申し訳ありませんでした』


メッセージの意味を考え、ぼくはそれに返信する。


『楽しかったよね、みんなで遊ぶの』

『だから気にするなよ。エルデンリング好きに悪い奴はいねえ』

＊＊＊

昼休み、教室――

「はぁ～…………」

「机に頭乗せんな。後悔するぞ」

弁当を食べ終えて机に突《つ》っ伏《ぷ》すダイの頭に、ぼくが食べたパンのカスがボロボロとこぼれ落ちる。

「きったねえな！　やめろよ！」

すぐに起き上がって頭を払うダイ。

「ダイのフケよりは綺麗《きれい》だよ。しょうがないだろ、パイ生地のパンなんだから」

「んぁ～…………」

いつにも増してフニャフニャになっている。

最近、ずっとこうだ。テストもないのに毎日ダルそうにしている。

夜のエルデンリングも滞っている。

「なあ、どうしたんだ？　今度はお前の方がダメになってるぞ？」

「ん～…………」

「こういう時はゲームでもやってスッキリしよう。今夜こそラスボス倒そう」

「あー………」

「なんだよ、また今日もダメなのか？」

「悪い、今日もパス」

無理強いはしないつもりだが、それでも誘いたくなってしまう。

気分転換が必要なほどダイが呆《ぼ》けているからだ。

「どうしたんだよ？　ぼくと遊ぶのが嫌になったのか？」

あの時のダイと同じ質問をする。

「そんなことない。ユウと遊ぶのは楽しい」

「じゃあ……」

「もうすぐラスボスって言ったよな？」

「う、うん」

崩れゆくファルム・アズラを攻略した後は、もう最終ステージだ。

その最奥で待ち受けているラスボスを倒せば、エンディングを迎えることができる。

あと一歩だ。

ここまでダイと一緒に戦った意味もあったというものだ。

「ラスボス倒したら――終わっちゃうんだよな」

「そりゃそうだろ……あ」

　ようやくダイの感情に思い至った。

「聞いたことある。ラスボス前になると急にやる気がなくなるっていうアレだ。ラスダン症候群ってヤツだろ？」

「え、なにそれ、病名まであるの？」

「そういう気持ちを抱えてるのはダイだけじゃないってことだよ」

　ラスボスを倒せばゲームが終わる。

　その寂寥《せきりょう》感《かん》が怖くてラストダンジョンで立ち止まってしまうらしい。

　目標として設定されているのに、そこへ辿《たど》り着《つ》くのが惜《お》しいという。

　ぼくにしてみれば滑稽《こっけい》極《きわ》まりない話だが、理由を聞けば納得はできる。

「しっかしクリアするのが怖いって、じゃあぼく達が今までやってきたことはなんだったんだよ。全部無駄になっちゃうのか？」

「だってさぁ、クリアしたら終わっちゃうんだぜ？」

「当たり前だろ」

「いやゲームじゃなくて、今のこの関係も、だよ」

「……えっ」

「エルデンリングが終わっちゃったら、もうユウとゲームできないのかなって。そう考えたら

「……なんか、嫌だなぁって」

「…………………」

……ダイのこういうところ、ズルいと思う。

自分の耳が赤くなっているのに気づかないフリをして、ぼくは言い返す。

「勝手に終わらすな。まだ終わりって決まったわけじゃないだろ」

「え、そうなの？」

「エルデンリングは二周目だってある。取《と》り逃《のが》したイベントだってあるし、強くなった敵と戦う楽しみ方もある。もちろん対戦だってあるし――」

「それも遊びつくしたら？」

「別のゲームやればいいじゃないか。一緒に」

「一緒に……」

花が開くようにダイの顔が明るくなる。

対する、こっちはまともに目を見られない。

「そ、それに、ゲームだけじゃないだろ。また勉強も教えてもらいたいし、ほ、他にも……遊んだり、できる、と、思う……んだけど………」

恥ずかしいことを言っている自覚はあるのに、言葉が止まらない。

隠せないぼくの本心だから。

「ユウ……」

こいつと冒険していると、時々頭の中をよぎる光景がある。

広いソファにふたり並んで座りながらコントローラーを握っている姿。

実際に並んでいるのはゲームの中だし、現実のふたりは離れた家からボイスチャットで会話しているだけ。

匂いも温度も感じられない距離なのに、ふと、そんな気分になる。

それは連携攻撃がバッチリ決まった時だったり、強敵にふたり同時に倒された時だったり、目的地へ向けてただ走っている時だったり。

そんな普通の、なんでもない時間が好きだった。

「だから、終わらない！　ぼくはまたダイと遊ぶから！」

「………ああ！」

ダイの笑顔。

ぼくもそれに負けないように笑う。

「……あのさ、イチャつくならヨソでやってくんないかな」

前の席の仲下さんが呆れ顔でこちらを見ている。

いや仲下さんだけでなく、周囲のクラスメイトも見ている。

「だから！　違うって！　オレとユウはそんな――」

「うるせえボケ！　公共の場でイチャつくな！」

男子がダイの頭をヘッドロックしている。

それを見て他の子も笑っている。

そんな反応ばかりで、ぼくがダイと話していることに非難の声をあげる人はいなかった。

「あのさ仲下さん。ぼく達、本当に付き合ってないから」

一応、確認のために仲下さんにそう言うと、

「ん？　どっちでもいいじゃん」

「どっちでもいいんだ」

「別に私達に関係ないもん。関係あるのはあんた達だけでしょ」

「……意外とドライだね、仲下さん」

「ま、相談事があれば聞くから」

「あ、ありがと……」

この日をきっかけに、仲下さんともよく話すようになった。

なんでも知ってるように見せかけて、実は彼女も恋愛経験ゼロだと知ったのは、もっとずっと後の話である――

＊＊＊

狭間の地、某所――

ぼくとダイは瓦礫の上に座っている。

灰色の空を見上げながら、これからのことを考える。

『……オレさ、まだやりたいこと、たくさんあるんだよ』

ダイがぽつりと呟《つぶや》く。

『伝説の武器や伝説の遺灰も全部揃《そろ》えてないし、シャブリリって奴のイベントも見てない。まだエルデンリングを遊び尽くしてない』

「うん」

『だから、これからも付き合ってくれると嬉《うれ》しい』

「うん」

ぼくは当然のように頷《うなず》く。

『あと、またユウと対戦したいな。オレ、まだ試してない戦法いろいろあるんだよ』

「なら今日は闘技場に行くか。もう侵入しなくても気軽に戦えるようになったしな」

『だな。正々堂々、対戦ゲームみたいに戦うのはオレも好きだし』

「うん」

『じゃあ闘技場で待ち合わせな』

「うん」

『あとさ、今度映画でも行かねえ？』

「うん…………は？」

『いや、前にユウが話してたホラー映画の続編』

「あれネットの評判悪いぞ」

『それでも観《み》たいんだよ』

「……しょうがないなぁ」

初めて誘われたのに、不思議とまったく嫌な気分はしない。

それどころか緊張も違和感もない。

まるでちょっとダンジョンを攻略するかのように自然だ。

「ま、とりあえず先のことはラスボス倒してから考えよう」

『だな』

ぼくが立ち上がると、ダイも腰を上げる。

「じゃあ行こうか」

そしてぼく達は長い階段を歩き出す。
この先に待っている、地獄のような強さの敵と会いに。
この先、ぼく達の間にどんな困難が待ち受けようと――
エルデンリングで手に入れた経験値で攻略してみせるさ。

あとがき

どうもこんにちは。

田口仙年堂《たぐちせんねんどう》と申します。


俺がいわゆる死にゲーと呼ばれるジャンルに出会ったのは、２００９年の『Demon's Souls』が初めてでした。

たしかファミ通のレビューには「完成度は高いが、とにかく難しすぎる」と書かれていた記憶があります。

ファミコン当時の基準で考えれば、ゲームで何度もやられるのは当たり前だったのですが、２０００年代のゲームはそういった作品は少なく、低めの難易度でストーリーや爽快感を楽しんでもらう傾向だったと思います。


そんな風潮に真っ向から逆らうように送り出された『Demon's Souls』、評判のとおりとにかく死ぬ。待ち伏せ、罠、時には正攻法でも死にまくる作風は、久々にファミコン時代のノリが帰ってきたものだと懐かしく思いました。

普通に考えれば、何度も死ねば心が折れて辞めてしまうのですが、なぜかついついリトライしてしまう中毒性がありました。

難易度は激ムズなのに、操作性やＵＩなどが非常に手に馴染み、ユーザーに気持ちよく動かして欲しいという制作陣の意図を感じます。

まるで最新鋭の装備を着せられて死地に送り込まれるような、丁寧できめ細かい処刑に慣らされてしまった俺は、それからも数多くの死にゲーに殺されてきました。

夜中に四時間かけて葦名一心を倒した時などは疲れてすぐに熟睡してしまったのですが、それまでの時間はギンギンに冴えてまったく疲れを感じなかったのを覚えています。

もう若くないのにあれほどの集中力を継続できたのは、ひとえにゲームの面白さ、遊びやすさに尽きるでしょう。

そんな俺が今回『ELDEN RING』のノベライズでお届けしたのは、自分のようなどこにでもいるプレイヤーの日常です。

それぞれのプレイスタイル、それぞれの意見、それぞれの交流を楽しんでいただければと思います。

担当編集の儀部《ぎぶ》さん、イラストを引き受けてくださったlackさん、そしてこの本を手に取ってくださった皆さんに、大いなる感謝を。

狭間の地のどこかで赤黒い姿の俺を見かけたら、遠慮なく斬りかかってください。こちらも全力でお相手させていただきます。

それでは、またどこかで。

この先《さき》、絆《きずな》があるぞ

2024年5月30日　初版発行

著　　者　田口仙年堂《たぐちせんねんどう》
イラスト　lack
発 行 者　山下直久
発　　行　株式会社KADOKAWA
〒102-8177 東京都千代田区富士見2-13-3
電話 0570-002-301(ナビダイヤル)
編集企画　ファミ通文庫編集部
デザイン　AFTERGLOW
写植・製版　株式会社オノ・エーワン
印　　刷　TOPPAN株式会社
製　　本　TOPPAN株式会社

●お問い合わせ
https://www.kadokawa.co.jp/(「お問い合わせ」へお進みください)
※内容によっては、お答えできない場合があります。
※サポートは日本国内のみとさせていただきます。
※Japanese text only

ISBN978-4-04-737278-8　C0093
定価はカバーに表示してあります。

仕事が終われば、あの祝福で

氷上慧一　イラスト lack

ゲーム×お仕事

エンタテイメントノベル!!!

コミュニケーションが苦手なのに営業職についてしまった相田航。
上手くいかない日々の唯一の楽しみは様々なゲームで遊ぶことだった。
他プレイヤーとは交流などはせず一人で攻略情報や考察を読んでは
世界観に浸ることが癒しとなっていた。しかし、職場の昼休憩で
現在熱中しているゲームの攻略サイトを見ていたのを
先輩・鹿島黎人にバレてしまった。咎められると思いきや、
何故か黎人にゲーム『ELDEN RING』の攻略方法を教えることに!?
この出会いが航の仕事と人生を変えていく――。

人気アクションRPG『**ELDEN RING**』を
通じて深まる**大人の友情!**

KADOKAWA　enterbrain

仕事が
終われば、
あの祝福で
See You
At That Grace
After Work.